文芸社セレクション

雛嫁

若松賤子と巌本善治の青春

田所 茉莉
TADOKORO Mari

文芸社

目次

第一部　世《せ》良《ら》田《た》亮《たすく》海軍中尉

第一章 《フェリス・セミナリー（フェリス英和女学校）》

（1）

明治十八年秋、島田嘉志子《しまだかしこ》（後の若松賤子《しずこ》）は、《フェリス・セミナリー（フェリス英和女学校）》で教師生活四年目を迎えていた。生理学、健全学、家事経済、和文章英文訳解を担当している。

秋も深まった十一月十六日（月）の午後、嘉志子は担当する和文章英文訳解の授業を終えると、フェリスを飛び出した。

右手に海を感じながら山手の丘を駆け下り、矢戸橋を渡れば山下町だ。橋を渡り終えると、嘉志子はさすがに立ち止まり、呼吸した。汗ばんだ肌に、秋風が心地よい。

（ここまで来れば、大丈夫。キダー先生は、お元気かしら？）

嘉志子は通い慣れた本町通りを進む。横浜海岸教会は目と鼻の先にある。約束の時間、黄昏時《たそがれ》には、まだ間があった。

母とも慕うキダー先生から、ディナーのお誘いを受けていた。先生は、フェリスの初代校長であり、今は結婚してミラー夫人となっている。先生が勧めて下さる、嘉志子のお見合いの日取りの打ち合わせも兼ねている。

(2)

右手の小道から一人の長身の男が現れて、嘉志子とすれ違った。

後ろに上げた髪を七、三に分け、鋭い目つきに通った鼻筋。短い口髭には意志を感じた。しかし、ここ、横浜の本町通りの風景にはそぐわない。

嘉志子は思わず振り返って、足早に去る紳士をしばし見送った。

（商館に勤めるお人かしら？　いや、気配が少し……）

その時、嘉志子は、背後に近付いてくる足音を聞いた。

道の傍に身を置こうと思った瞬間、「どけ！」という声と共に、嘉志子の体は宙を舞った。

着地しようと、空中で必死にもがいた。幸い、頭から突っ込むことはなかった。だが、着地の際、捻じれた足首をしこたま地面に打ち付けた。

ぐしゃっという、嘉志子が聞いた経験のない音が体の中を走った。右足首が砕けたのではないかと思えるほどの、鋭く耐え難い痛みを感じた。

全身から冷汗が流れ出し、只事ではない変化が、自分の体に起きている実感がした。思い切り歯を食い縛っていないと、刺し抉るような痛みを我慢できない。

辺りを見回すと、紳士も、嘉志子にぶつかってきた輩《やから》の姿も、見当たらなかった。

何事かとばかり、商館から男たちが飛び出してきた。道行く女たちの何人かが、驚きと恐怖とも説明できない表情を浮かべて、嘉志子に駆け寄った。

一人の中年女性が怒りを露わにして、声を掛けてくれた。

「なんという乱暴な。……お怪我は、ありませんか」

嘉志子は夢中で立ち上がろうとした。ところが、どうしても右足が突けない。自分の足ではないかのように、よろよろとして力が入らない。

再度、決意して足を突こうとした。その瞬間、飛び上がるほどの痛みで、悲鳴を上げて尻餅を搗いた。

「……ご無理をなさらず、そこの呉服屋の店先で休ませてもらいましょう」

小紋を上品に着こなした中年女性は、きっぱりとした言葉遣いだ。元町あたりの商家の女将に見えた。

女性は、呉服屋に声を掛けた。顔見知りのようだ。

「娘さんを座らせたいので、茣蓙《ござ》に、座布団を一枚貸して下さい」

呉服屋の番頭と小僧が、茣蓙と座布団を持って現れた。

嘉志子は女性の心遣いが嬉しかった。やっとの思いで声を絞り出した。

「お手を貸して頂けますか。少し痛みますので」

たちまち、人だかりができた。だが、嘉志子は中心に座り続けるしかなかった。落ち着かなければと、嘉志子は懸命に自分に言い聞かせる。

（海岸教会に辿り着ければ、キダー先生がいらっしゃる。誰かに、一報を取ってもらおう……。誰に？）

足首の中心にある、鑿《のみ》で突き抉るような痛みが、足底から脹《ふく》脛《はぎ》へと拡がってくる。嘉志子はもう、立ち上がろうとする気力を失くした。

⑶

「……追いかけていった男は、密偵だろう」

「逃げた男は、自由党員か」

野次馬の無責任なやり取りといえども、嘉志子は背筋を凍らせる。

（あの紳士の纏《まと》う気配には、私を振り向かせる何かがあったに違いない。それにしても）

嘉志子が途方に暮れかけた時、馬蹄の音が近付いてきた。

（馬の主は誰？　警官？　私は立ち退かされる？　私は事情を尋ねられる？　いえ、逆に、助けてくれるかもしれない）

嘉志子は混乱の極みにあった。

蹄《ひづめ》の音は嘉志子の傍らで止み、人々は動いた。

嘉志子は思わず顔を上げた。

一人の海軍軍人が、馬から下りようとする後ろ姿が目に入った。軍人は馬から下り立つと、落ち着いた声で、嘉志子に話し掛けた。

「どうなさったのですか？」

嘉志子の頭の中で、微《かす》かに閃く思いがあった。

（……どこかで聞いた記憶が……）

嘉志子は覚悟を決めて、軍人の顔をまじまじと見詰めた。

黄昏《たそがれ》が迫っていたが、海軍中尉の常服を着た、見合い相手の世良田《せらた》亮《たすく》が、確かに、そこにいた。

《フェリス》で見掛ける背広姿と印象は大きく違うけれど、間違いなく、世良田だった。

奇遇《きぐう》に嘉志子は、声を震わせた。

「世良田様。世良田様ですね？」

世良田も同時に驚きの声を発した。

「嘉志子さん？　嘉志子さんですね。……いったいあなたは、どうなさったのですか？」

世良田は状況を摑みかねる様子だ。

気づけば嘉志子は、涙をぽろぽろと流しながら、話した。

「ぼんやりしておりましたようで、どなたかに後ろから……」

「あなたにぶつかった人間は、どこへ？」

「分かりません。私は、何も見ていないのです。……足を痛めたようで、足が突けません」

「足を見せて下さい。私に応急処置ができましょう」

世良田は真剣な表情で、嘉志子の足首に手を乗せた。

「嘉志子さん、力を抜いて、足を真っ直ぐにして」

嘉志子には、世良田が神に見えた。

世良田は、嘉志子の表情を見守りつつ、慎重に、状態を探った。足首を、何か所か押さえたり、また関節に少し力を加えたりした。

押される箇所と角度によって痛まなかったり、身悶《みもだ》えするほどの深く鈍い痛みを感じたりした。

「折れてはいない。捻挫《ねんざ》のようです」

「ダメージは重くはないのですね。直に治りますね。……良かった」

嘉志子は救われた思いで、呟いた。

世良田は、「まだ油断は禁物ですよ」と窘《たしな》めてから、馬の鞍に付けた革鞄《かわかばん》から三角巾を取り出した。

嘉志子には、世良田が何かに怒っているように見えた。

嘉志子は、聞かずにおれない。

「明日には歩けるでしょうか？　……授業があります」

世良田は、さすがに厳しい表情で、嘉志子を制止する。

「嘉志子さん、あなたは真面目すぎます。今は、手当てと静養が大事です。急いてはいけません。捻挫は、骨折よりも予後が悪い場合もあります」

「こんなに痛むのですもの。……すぐには治らないんですね」

「……私はあなたに怪我を負わせた人間に、怒りを感じています」

世良田は三角巾を手早く折り、幅広の包帯とした。嘉志子に優しく声を掛ける。

「痛いでしょうが、足先、親指を上に上げて、足底と脹《ふく》ら脛《はぎ》が直角になるように。……できますか?」

嘉志子は試みるが、うまくできない。

「親指が、なかなかいうことを聞きません」

懸命に親指に力を込める。無意識のうちに顔を歪めて歯を食い縛り、両肩と両腕にも力を込めていた。

とめどもなく冷や汗が流れる。体も強張《こわば》り、痛んだ。

「とても痛いです」

世良田は三角巾を嘉志子の足裏に渡し、両端を引きつつ足首の後ろに回した。

足先が足首に引き寄せられるに連れ、不思議に嘉志子の気持ちは和らいだ。

三角巾を足首の後ろで交差させると、再び前に戻す。てきぱきとした手技で、世良田は、瞬く間に、嘉志子の右足を固定した。

「どうですか? これで痛みも落ち着くでしょう」

「ありがとうございます。……助かりました」

一呼吸の後、世良田は真面目な表情で、嘉志子に尋ねた。

「ところで、どうしてこんなところに？　あなたは何処へ行こうとしていたのですか？」

嘉志子は、慌てて答えた。

「海岸教会へ。ミラー夫妻に夕食のお誘いを受けまして」

「分かりました。送りましょう。もう心配することはありません」

世良田の口調も表情も、いつも通りの穏やかさに戻っていた。嘉志子は、自分は世良田の手で救われたのだと、改めて思った。

「何とお礼を申し上げたら良いものか、言葉も思いつかないほどのありがたさです」

⑷

ミラー夫妻は高知伝道を終え、横浜に仮寓《かぐう》していた。

日曜日に開かれる主日礼拝での説教、日曜学校礼拝、信徒との打ち合わせや会食など、夫妻が果たすべき任務は多い。その慌ただしい週末を終えて、夫妻は、月曜日のディナーに、嘉志子を招いてくれた。

嘉志子は、自分は人並みの結婚には縁がないものと思ってきた。

新しい時代の教育を受けようと、フェリスへ全国からやって来る生徒の多くは、旧家を誇る子女であったり、新興富裕層の子女であったりした。嘉志子には、後ろ盾となる家も親もなかった。

見合い話に迷いはあるが、ミラー夫妻との久しぶりの会食に、嘉志子の胸は躍った。縁談は、キダー先生の肝煎《きもいり》で進められていた。

見合い相手の世良田は、上田藩藩士世良田義隆の長男として生まれ、嘉志子より七歳年上の海軍中尉だ。既に受け取っている釣書には、約四年間、アメリカのアナポリス海軍兵学校で学んだ、と書かれていた。

嘉志子は世良田を何度か学校で見掛けていた。

世良田の妹の春子がフェリスの本科に在籍し、卒業も近い。成績優秀で、卒業後は助教師としてフェリスに残るのではないかとも聞いている。世良田は、学校行事の折に、何度か来校していた。

いつも仕立ての良い三つ揃えの背広を着こなし、穏やかな振る舞いは、周囲の人々をして、いかにも紳士と思わせた。

世良田は、飛び切りのエリートだ。将来の立身出世も約束されている身に違いない。

世良田との見合いの話を聞いて、当初、嘉志子は、なぜ自分なのか、と怪しんだ。いくらフェリスの一期生で、キダー先生のお気に入りだからと言って……。

⑸

中年女性は、再び呉服屋の店先に声を掛けた。

「俥《くるま》を一台、呼んで下さい」

店の小僧が、俥溜りへ駆け出した。

俥がやって来ると、世良田は嘉志子に、そっと声を掛けた。

「嘉志子さんを落とすといけないので、しっかりと私に摑まって下さい」

世良田は言葉とは裏腹に、軽々と嘉志子を抱き上げる。

（嘘を仰《おっしゃ》って……）

抱えられて、瞬時、嘉志子の顔は世良田の胸に触れた。暖かかった。涙が零《こぼ》れた。

嘉志子は思う。母の背に負ぶわれる幼子が感じる安らぎ、兄に甘える妹の嬉しさとは、このような感情に違いない、と。

世良田は笑顔で嘉志子を座らせた。

「もう大丈夫ですよ。泣いていても好いですよ」

これまで付き添ってくれた中年の婦人が、声を掛けてくれた。

「私も安心しました。お気をつけて」

嘉志子は、深く頭を下げた。

「ゆっくりと進めてくれたまえ」

車夫に声を掛けると、世良田は常歩《なみあし》で脇に着く。

「とんだ災難でしたね。……時には、こんなこともありますよ」

道道、世良田は明るく振る舞い、嘉志子を元気づけてくれた。それでも時間が経つほどに、嘉志子はいつになく気落ちする。

「……私の注意が足りなかったのです。……僭越《せんえつ》ながら、世良田様、私に関わって、ずいぶんとお時間を取らせてしまいました。任務の途中ではありませんか？」

「大丈夫ですよ。仕事帰りです。横須賀鎮守府《ちんじゅふ》まで時間は掛かりません。……帰途、難渋している国民に遭遇したら、援助するのも軍人の役目です」

「世良田様のような方が軍人でいらっしゃれば、国民はどんなにか心強いことでしょう」

決して社交辞令のつもりではなかった。ただ、嘉志子が何気なく述べた感想に対する世良田の言葉は、嘉志子に強烈な印象を与えた。

「……私は常々、キリスト者としてどうあるべきかを模索しています。日常においても、……戦場においても」

嘉志子は返す言葉を見つけられない。ただ、嘉志子には世良田の背中が大きく、頼もしく見えた。

⑹

玄関先に、俥に乗った嘉志子と、従者のように馬から下りた世良田がいたので、キダー先生は、心の底から驚いているように見えた。

「まあ、嘉志、その足は、どうしたのですか？　あなたがやってこないから、心配していたのですよ。どうしてミスター・世良田も一緒に？」

嘉志子は、しゅんとしつつも正直に話した。

「すれ違った紳士を、振り返ってちょっと見ていただけなんです。……そうしたら、誰かが後ろから突っ込んできて、跳ね飛ばされました。ご心配をお掛けして、すみません」

世良田が穏やかに後を引き取った。表情には、嘉志子を思いやる気持ちが滲み出ていた。

「不運でした。偶然、私が通り掛かったものですから。捻挫のようです。応急処置をしましたから、この上から氷嚢《ひょうのう》で冷やして下さい」

「分かりました。お手数をお掛けして。……嘉志は、慎重のようでいて、時に注意が足りませんね」

キダー先生は、恐縮する母親の口調で、世良田に礼を述べた。

「キダー先生、私が、海岸教会に到着できた事実を喜んで下さいな」

嘉志子は、我儘娘《わがままむすめ》が甘えるように話しかける。

世良田は笑っている。

奥からミラーも現れた。

「とにかく皆さん、中に入ってはどうですか」

「私は、これで失礼します。嘉志子さんを送り届ける任務は、完了です」

敬礼とともに、世良田は晴れやかな声で、別れの挨拶をした。

配属先である横須賀鎮守府へ帰る世良田を、三人で見送った。

ソファに寝かされて、嘉志子は世良田の体温を思い出していた。俥に抱き上げられた時の、軍服を通してとは言え、世良田の体の暖かさと優しい心配りを。

嘉志子は今までに、あのように男性に包まれた記憶はなかった。肩肘を張らずに、男性に身を任せる安らぎもあるのかもしれない。望まれて妻となる幸せを思った。

キダー先生は、すぐさま氷嚢を用意して、嘉志子の足首を冷やしてくれた。心地よさが、ずんずんと全身に広がった。

「フェリスに人を遣りますから、今夜は宣教師館にお泊まりなさい」

「先生、本当は、とっても怖かった」

キダー先生は、無言で嘉志子の手を握って下さった。

安堵とともに嘉志子は体のあちこちに痛みを感じたが、世良田のおかげもあり、足の痛みは、だいぶ和らいでいた。

ソファでしばし休んでから、夕食のテーブルに着いた。

「大事に至らず良かったですね。これからは通りを歩く時は、気を付けて」

ミラーの言葉に、三人で笑った。

「でも私、ちっとも悪くありません。……人にぶつかっておいて行ってしまうなんて、失礼です」

キダー先生は慎重に言葉を選んで、夫の話を引き取った。

「大事に至らなかったのは、神のご加護に違いありません。この災難は、神の、ちょっとした悪戯心《いたずらごころ》の結果とも受け取れます。……世良田氏が通りかかるとは、嘉志、考えてもごらんなさい。人間の想像の域を超えています」

嘉志子は即刻、異議を申し立てる。

「あんまりです。怪我を負い、恥ずかしさと不安に曝《さら》されました」

嘉志子は思い切ってキダー先生に尋ねた。

「世良田様には華族の姫君や、海軍省高官のご令嬢という、私よりも相応《ふさわ》しいお相手が、いらっしゃると思います」

キダー先生の答は、明快だった。

「世良田氏は武人でありながら、日本基督《きりすと》教会の信徒として積極的に活動していらっしゃる。出自に拘るお人ではありません。……時代は進んでいますよ」

キダー先生は自信に溢れる声で語った。

「クリスチャンとの結婚を、お望みなさる？」

「私の見解ですが」と、キダー先生は断ってから、若き日々を懐かしむような表情で話を続けた。

「お若い時に留学先のアメリカで、クリスチャン・ホームを実際にご覧になって、好ましいと感じたからでしょう。いつか、ご自分も結婚する時は、と」

「その相手に私が相応《ふさわ》しいと、キダー先生もお考えですか?」

キダー先生は優しく微笑んだ。

「もちろんです」

キダー先生は言葉を続けた。

「世良田氏は、抱容力のある男性だと思いますよ。良い印象をお互いに持って、結婚までお進みなさい」

「でも、キダー先生、交際を重ねて確信を持てるまで、お返事は待って下さいね」

晩秋の夜は静かに更けた。

暖かい部屋で、心尽くしの料理でもてなされる幸せ。ミラーが、声を掛ける。

「コーヒーを淹れましょう。美味しい焼き菓子もありますよ。嘉志には、ココアを。今夜は早くお休みなさい」

ミラー夫妻が実践した「愛ある結婚」と、築いた「クリスチャン・ホーム」に、嘉志子は包まれて眠った

第二章　世良田亮と巌本善治《いわもとよしはる》

(1)

十七日の午後、嘉志子は俥に乗せられてフェリスに帰った。

ブース校長夫妻を始め、同僚、寄宿生が総出で迎えてくれた。

嘉志子は捻挫を負った経緯《いきさつ》を、丁寧に説明する。重ねて、心配を掛けたことや、授業に穴を空けた不始末を詫びた。

ブース校長からは、自室での一週間の安静を言い渡される。

翌日、同室の同僚が教室へ講義に出ると、嘉志子は独り取り残された。

身支度をして、布団は上げずに、身を置いた。静かな部屋で、考える。

女性の生きる道は、どこにあるのだろうか？　世良田と結婚して良き妻となり、母となる？　それとも……。

世良田の妻となれば、社会的にも祝福され、経済的にも安定した生活が保障されるだろう。世良田は無上の愛で包んでくれるに違いない。

実際あの日、私は心から安堵した。

それでも、私は常に自由でありたい。……家の安寧は、儚《はかな》いものだ。生家も養家も滅びた。

答えは一向に出ない。だが、見合いの期日は迫っていた。

(2)

二十六日の夕食後、嘉志子は自室で前日発行の『女学雑誌』九号の目次を、まじまじと見詰めた。

『女学雑誌』は、この七月に創刊された、あらゆる婦人問題を扱うと宣言している雑誌だ。嘉志子は毎号に掲載される若きキリスト者、巌本善治《いわもとよしはる》の論説を楽しみにしている。ところが今回だけは、何とも奇抜な題名に酷《ひど》く驚かされた。

目次には、『我らの姉妹は娼妓なり』とある。

(何を言いたいのだろう? このような日本語表現は、成立するのだろうか?)

巌本は常々、「女学」を三つの見地で定義してきた。

「女学」とは、女性の地位を向上させ、女性の権利を伸張させ、女性を幸福にするためのあらゆる学問を指す、と。

嘉志子にとっては、「女学」とは、頼るべき学問であり、理論であった。

意表を突かれた思いだ。

（私の受け止め方が間違っていたのかもしれない）

鼓動がいささか速まるのを意識しつつ、嘉志子は一気に読んだ。

論説中の、『底辺女性（＝娼妓）の解放なくして、女性解放はないのだ』との文言に、ぐさりと胸を刺された。

（3）

翌二十七日からの一週間は、連日の新聞報道に、横浜中が騒然とした。

嘉志子と言わず同僚の教師たち、生徒さえも少なからず動揺した。

発端は、二十七日付の東京日日新聞の「拘引《こういん》の報道」だ。

項目を分け、『大井憲太郎《おおいけんたろう》、小林楠雄《こばやしくすお》、山内一正《やまうちかずまさ》の諸人が二十三日を以て大阪に於て警察署に拘引……』に始まり、長崎、高知、佐賀と拘引者名が続き、最後に『大石正巳《おおいしまさき》・馬《ば》場《ば》辰猪《たつい》の両氏は二十一日、東京に於て警視庁に拘引せられたり』とあった。

二十九日には、東京横浜毎日新聞に同様の記事が、十二月二日の東京日日には、『検挙者二十名を超す』との表題で、総括《そうかつ》とも言える記事が掲載された。

拘引者は皆、自由党に何らかの関わりがあるようだ。

論評は、『……国事犯嫌疑に関する者なるや否やを覚知せざるなり……』と書きながら、文中の『加波山の暴動や秩父の農民一揆』の文言は、十分に人々を恐れさせた。

ただ、十二月二日付の記事に、大石正巳・馬場辰猪両氏の名前はない。

そうこうするうちに、居留地あたりから噂が流れてきた。

十一月十六日午後、大石・馬場の両氏は居留地第四十八番館モリソン商会に赴き、鉱山用と言いながら、ダイナマイトを注文したという。

ダイナマイトの使用方法、効用などの問答の後、主人であるモリソンが、爆発物の出庫引き渡し手続きに必要な、神奈川県庁に差し出す願書式紙を示すと、男たちは立ち去った。

嘉志子は確信する。私にぶつかった人間は、彼らを追っていた密偵に違いない、と。

馬場は、最も急進的で国粋的と言われた《国友会》を組織し、自由党の理論的支柱として奮闘した。明治十六年には、樺山資紀《かばやますけのり》警視総監から、六か月間の東京での政治演説の禁止を申し渡されていた。

若くしてイギリスに留学生として渡り、語学はもちろん、才能溢れる男とも噂される。

（あれから五日も密偵を躱《かわ》す生活を送ったとは……）

嘉志子は胸の奥に生じた、微かな蟠《わだかま》りを意識した。

⑷

十二月の年末も近い日曜日の午後、嘉志子と世良田のお見合いの席が持たれた。

場所は、キダー夫妻宅。お見合いとはいうものの、嘉志子に配慮して親族は同席しない。

クリスマス・ツリーが飾られた応接室で、嘉志子と世良田は向かい合った。

嘉志子は、髪を結い上げ、手持ちの中で一番華やかな、小花を散らした小紋を纏った。

世良田は、いつも通りの背広姿だ。

「本日は、私たちのために、このような席をもうけて下さったキダー夫妻に、心から感謝致します。嘉志子さんにも、お時間を頂き、お礼を申し上げます」

世良田は、そつなく、会話のきっかけを作ってくれた。

「ここでは、誰にも気兼ねはありません。お二人で、存分にお話しなさって下さい」

焼き菓子とコーヒーを運ぶと、夫妻は席を外した。

世良田に見つめられて、嘉志子は胸がいっぱいになった。

(どうしたのだろう。世良田様の愛を感じて、私の心は震えているに違いない)

世良田が気遣ってくれた。

「嘉志子さん、先日のお怪我は、すっかり快癒なさいましたか？」

嘉志子は、はっとして、少しばかり答えにつまった。

「私から、一番にお礼を申し上げなければなりませんのに。お陰様で、すっかり……。ご報告もせず、気が利かないことでした」

「それは好かった。心配しておりました。……今日は、何を話題にしましょうか？」

世良田の穏やかな笑顔と、コーヒーの香しい香りが嘉志子の気持ちを和ませる。

「コーヒーを頂きましょう。焼き菓子も。……アメリカ東部の家庭の味です」

嘉志子は、コーヒーを一口飲んで、いつもの自分を取り戻した。

「キダー先生の故郷であり、世良田様の留学先でもあるアメリカ東部の焼き菓子。……私、今日の話題を忘れていました。一番伺いたかった話題です。私たちを結びつけている」

「なんなりと」

「世良田様がバプテスマをお受けになったのは、海軍兵学寮の学生の頃と伺いました」

「ずいぶん昔になりますね。若かった」

嘉志子は、世良田の見せる素顔に近いであろう振る舞いが、心地よい。

「違和もおありだったでしょうに。武家に生まれて、武士に添う教育をお受けになられたのですから」

「友人から勧められたのです。即座に強く、反対を試みました。しかし、教えの内容も知らずに否定するのも理に適《かな》わないと考え、まず、一応は研究しようと」

「どんなふうにですか？　初めから教会で？」

「いや、当時ようやく翻訳されたばかりのマタイ伝を借りて、兵学寮の同窓者と冷やかし半分に読みました」

嘉志子は思いがけない答えに驚かされた。

「俊才揃《しゅんさいぞろ》いの学生さんたち。読みこなす力がおあり。でも、兵学寮の生活は一刻を争う忙しさ、と聞きました」

世良田は嘉志子の心配を、豪快《ごうかい》に一蹴《いっしゅう》した。

「寝なければ好いだけです」

「まあ。それで、納得されたのですか？」

嘉志子は、世良田の話に強く引き込まれている自分を意識した。

「初めは予想通りでした」

「どういう風に」

「牽強付会《けんきょうふかい》と思われる記事がとても多くて参りました。怪しき奇跡《きせき》などの説で、愚民《ぐみん》を惑わすものに違いないと疑ったほどです」

「それでも読み続けたのですね」

「ここまで苦労して読んだのだから、終わりまで読もうと。読み終えたら、すっかり論破しようと。傲慢《ごうまん》でした」

「読み続けるうちに、お心に変化が？」

「まったくその通りです」

世良田は、しばし時を置いて続けた。

「マタイ伝五章より七章に記載されていた山上の教訓に、強く心を打たれました。特に、『敵を愛せよ』との戒《いましめ》です。『天父《てんぷ》は善人にも悪人にも等しく雨を降らし、日を照らしなさる。汝《なんじ》も之《これ》に倣《なら》うべし』を読み、感服するよりほかにありませんでした」

「私のように、気が付けばキリスト者、それも指導的立場の人々に囲まれて育った者とは、大きな違いが……」

「いや、同じです。今、こうして向き合っているのですから」

「受洗まで、更にお勉強を続けられたのですね」

「日曜日に教会に通い、聖書、もしくは略問答を研究しました。……一部の学友から嘲笑《ちょうしょう》を加えられましたから一層に」

「今も、お勉強に忙しくていらっしゃる」

「植村正久先生がいらっしゃればこそ、怠ける訳にはいきません」

「講演も？」

「そのように大袈裟《おおげさ》なものではありません。ただ、求道者の求めに応えるのは、先を行く者の務めかと思いまして」

(5)

明治十八年秋、嘉志子は、正課の授業に加えて、毎週水曜日の放課後に、生徒たちが自ら進んで集う勉強会（文学会）を興す。《時習会》と名付けた。

各級の中から交代で指名された生徒が、自分でテーマを決め、和文または英文で作文し、発表する。あるいは、日本の古典や英文学作品の中から、気に入った表現を暗誦《あんしょう》する。

発表は生徒の主体性を養い、時に演説の形をも採った。女子学生の演説など誰も求めてはいない。それでも生徒と教師の意気は高く、《時習会》は、フェリスの教育プログラムの一翼を担うまでになっていた。

嘉志子は、年が明けたら、《時習会》を月に一度、外部へ公開すると決めていた。『時習会誌』も発行する。

どちらもブース校長の助言に基づいた挑戦だ。秋を通して準備を進めてきた。

初の公開に際し、予《あらかじ》め教師の視点で、作文発表の題名や、暗誦する文学作品を指定した。発表生徒も割り当てるのではなく、特別に、冀望《きぼう》者を募った。

作文の題名は、フェリスらしさを前面に出し、暗誦は、誰もが知っている作品を選定した。

十九年一月を迎えると、休み時間に、どの教室からも暗誦が聞こえてきた。

教師たちは廊下や職員室で、「もうすぐですね」とか、「本当に楽しみです」と声を掛け合い、教室の熱気も高まった。

嘉志子は意気高く、「時習会の趣意」と題した小文を執筆した。

最後に招待客名簿を作成し、手分けして案内の葉書を発送した。

嘉志子には、冀望と共に、巌本善治はきっと来てくれるという、根拠のない確信があった。名簿の筆頭は、《女学雑誌社》の巌本善治とした。

⑥

《時習会》公開当日、嘉志子は受付にも立った。巌本は現れない。

嘉志子は残念な思いを持ちながら、ブース校長に続いて、開会の挨拶をした。

嘉志子は一旦そこで控え室に引き上げた。オルガン演奏や讃美歌の斉唱が終わると、作文発表となる。

嘉志子が再度、立ち上がろうとした時、受付をしていた同僚が、満面の笑みを浮かべて飛んできた。

「嘉志子さん、お見えになりましたよ。巌本様が」

「……やはり、お出でになりましたね」

嘉志子は、今、世間から注目を集める巌本が、フェリスと《時習会》に興味を持っている事実が、誇らしい。

「ご一緒に行きましょう」

同僚の声に、背筋を伸ばした
嘉志子は、微かな鼓動の高まりを感じながら、会場の後ろから入室した。

会場全体に目をやり、同僚がそっと指を差して教えてくれた方向を見ると、気になる客人、巌本がいた。顔つきを眺めて、感動する。

前髪を全て後ろに上げ、露わになった広い額。色白で艶やかな膚。緩やかで心持ち薄い眉。二重瞼《ふたえまぶた》の大きな目。通った鼻筋。厚い唇。華奢《きゃしゃ》ではあるが、伸びやかな体躯。

（顔立ち、体つき、全ての釣り合いが取れている……）

広い額は聡明さを感じさせ、発表を見詰める目には、穏やかで優しい光が溢れていた。

（あの口元から、熱く、激しい言葉が発せられるのだろうか？）

知性に裏打ちされた完全な紳士に見えた。いや、美しい顔立ちの、若さに溢れた巌本が、目と鼻の先にいた。

⑦

会が終わると、ブース校長は、巌本と嘉志子を校長室に招いた。

客人は、若々しい声で自ら名乗った。続けて、嘉志子から目を離さず、歯切れのよい口調で話し始めた。

「お招き頂き、ありがとうございました。……今日は、とても楽しませて頂きました。生徒たちは、よく訓練されていて、どの発表にも、志の高さを感じました」

嘉志子は内心、ほっとする。

「お褒め頂き、光栄です。……生徒たちの努力の賜物《たまもの》と思います」

「私も、《明治女学校》という小さな学校で教えていますが、たくさんの示唆《しさ》を得ました」

嘉志子は、改めて短く礼を述べた後で、彊直《きょうちょく》しつつも尋ねる。

「《明治女学校》もミッション・スクールと伺っていますが」

巌本は涼やかな声で、生徒に解説するように答えた。

「キリスト教主義に基づく学校です。しかし、どの宗派にも属しませんし、授業でキリスト教を講ずることも、いかなる信仰も、強制しません。宣教師は、おりません」

（聖書を教えない、キリスト教主義に基づく学校が存在できるのだろうか？）

嘉志子は、ぶしつけと思いながらも、訊かずにはいられない。

「あなたはキリスト者でいらっしゃるのですね」

巌本は、にこやかな笑顔を浮かべて答えた。

「十六年五月九日の、日本基督教徒大親睦会に先立つ四月二十九日に、下谷教会で、木村熊二先生よりバプテスマを受けました」

「リバイバル（信仰覚醒）の最中にバプテスマを受けるとは。私は十年に横浜海岸教会で。……同じ宗派とは、不思議なご縁ですね」

「キリストを信じるようになってから、私の人生観は変わりました」

予想を超えた巌本善治の言葉に、嘉志子は大きな感動を覚えた。

嘉志子は《時習会誌》を丁重に差し出し、言葉を添える。

「創刊号です。《時習会》の趣意を書きました。感想をお聞かせ願えれば、嬉しいです」

巌本は、《時習会誌》を受け取ると、目次、冒頭の、嘉志子が書いた「時習会の趣意」と、頁を繰る。

しばし、校長室を静けさが支配した。

上級学校の入学試験を受けた生徒が合格発表を待つような、祈るような気分で、嘉志子は巌本を見つめた。

巌本が、口を開いた。

「分かりました。帰りましたら、さっそく、しっかり読ませて頂きます」

納得がいった表情に見えた。

嘉志子の口から、思わず言葉が出た。

「近々、《女学雑誌社》をお訪ねしても好いですか？」

第三章　旧き都のつと（土産）

⑴

嘉志子が執筆した『時習会の趣意』は、明治十八年一月二十五日発行の『女学雑誌』十三号に掲載された。

フェリスから遠望する横浜の街と海が微かに浅春の陽光に包まれる二月初旬、嘉志子は弾む思いで《女学雑誌社》を訪ねた。

《女学雑誌社》は、昨年末、創始半年にして、芝区西の久保桜川町の《万春堂》から独立し、活動拠点を、本郷区弓町一丁目に移していた。

社名も雑誌名と同じ《女学雑誌社》とし、持主兼印刷人も滝田正義と替わった。ただし、編集人の近藤賢三と、中心となる執筆者の巌本善治に変わりはない。

今や、女性の地位の向上に理解と熱意を持つ進歩的な男性読者も多く、旬刊発行部数は二千五百を超えていた。

今回の訪問は、フェリスの『時習会』公開日に来校してくれた巌本善治への答礼訪問ではなく、嘉志子の強い思いによるものだ。嘉志子は自分の目で、原稿が執筆され、雑誌が編集される現場を確かめたかった。

訪ねた弓町は、本郷通りを尾根とした緩やかな本郷台地の中央に位置していた。江戸時代の御弓組の与力や同心の屋敷に因《ちな》んだ命名と、嘉志子は聞いていた。

真砂坂上から少し南へ入った、大楠木が見える弓町の中心に、《女学雑誌社》はあった。静かな住宅地の一角だ。

小さな看板が懸かった仕舞屋《しもたや》風の《女学雑誌社》に足を踏み入れた嘉志子は、まず驚かされた。雑誌社の現場を知っていた訳ではないが、余りに雑然としていた。

部屋の中央に大きな机はあるものの、机上は諸々の雑誌や書籍、紙の類が散乱している。よく見ると、奥の壁際に並んでいる個人用と思える机の辺りだけは、少しばかり整えられていた。その机の一つで、巌本善治は執筆していた。

「いらっしゃい。驚いたでしょう。……あまりに散らかっていて」

入口のガラス戸を引いた嘉志子に、巌本は振り向くと、笑顔を見せた。

予想は、していた。けれど、不相応の思いで、嘉志子は挨拶の言葉を思いつけない。

「……お忙しい中、お邪魔をしてしまったようで、恐縮です」

「いや、歓迎です。……いつもこんな具合で。……まあ、座ってください」

巌本は素早く立ち上がると、嘉志子に椅子を向けてくれた。

「どうぞ、お仕事を続けて下さい。お仕事ぶりを拝見するだけで、十分、満足です」

「あなたがいらしたら、今日の昼間の仕事は切り上げようと。ただ、少しだけ待って下さい。……お昼をご馳走しますよ」

　巌本の言葉は素っ気ないが、嫌味がない。

　嘉志子が、座って良いものか迷っていると、二階から、がっしりした骨格の男性が下りてきた。歳のころは、三十過ぎだろうか。

　上物とは見えないが、ズボンにシャツ、チョッキの着こなしが身についている。穏やかな人柄を感じた。

　男性は嘉志子に会釈するや、巌本に声を掛けた。

「まだ、いたのか。昼時を過ぎれば、店は閉まってしまうぞ」

　兄が弟に諭《さと》す口調で、畳み掛ける。

「島田さんは、日が暮れないうちに、横浜へ帰らなければならない」

　当惑している嘉志子に、男性は、よく通る声で名乗った。

「近藤賢三と言います。《女学雑誌社》の編集人をしています。……島田さんのお噂は、巌本から聞いています」

　嘉志子は慌ててお辞儀をする。

「初めまして。『女学雑誌』を手に取るたびに、近藤様のお名前を拝見しておりました」

「『時習会の趣意』は、島田さんの強い思いが感じられる名文です」

⑵

嘉志子は巌本に案内されて、壱岐坂の商店街へ出かけた。真砂坂とは反対の方角だ。

「弓町の住人が、日頃よく買い物に出かける横町です。小さい通りながら、何でも揃っていて、旨いものを食べさせる店も多いんです。……なぜだか、分かりますか？」

巌本は、教師が生徒に質問する口調で話し始めた。

嘉志子は、しばらく考えてはみたものの、「食いしん坊が多いんでしょう」、と笑った。

「実は、この弓町には、文教官僚と呼ばれる人たちや、東大教授が多く住んでいます。……菊池大麓《だいろく》、小金井良精《よしきよ》の名前を知りませんか？」

「名前だけは存じております。高名な数学者に、医学者でしたね」

「わが社のような、中小出版社の類《たぐい》も多い」

嘉志子は手がかりを得ようと、巌本の顔をちらりと見た。巌本の目が笑っている。

「分かりましたわ。来客が多く、打ち合わせや商談に、皆様この商店街の店を使う」

「その通りです。弓町は一見すると閑静な宅地ですが、内部では火山が激しく活動している街だと、私は考えています。南へ少し行けば水道橋です。……飯田町・お茶の水にも繋がり、地の利も好い」

巌本は、嘉志子の答えを受けて、自分の感想を加えながら解説した。

「《女学雑誌社》が弓町を選んだ理由も、好く分かりました。……気に入っていらっしゃるんですね」

嘉志子の言葉に、巌本は大きく頷いた。

「五月が来たら、本郷台に吹く風も、さぞかし心地よいでしょう」

嘉志子は通りの中ほどにある牛鍋屋の二階に案内された。

食事が一落ち着きしたところで、嘉志子は話さずにいられない。

「十三号に掲載された『富井於菟子《とみいおとこ》の略伝』、拝読しました。於菟様は、《明治女学校》の先生でいらっしゃったのですね」

「最初の四人の教員の一人でした」

巌本は、心なしか気色ばんだ。

「十九歳という若さでありながら壮絶な人生を歩まれた。……これからという時に腸チフスに倒れるとは、お労《いたわ》しい。それも、同僚を献身的に看病の挙句と聞きました」

「その通りです。……於菟は、播州龍野の豪商・富井家新宅の生まれです。幼くして父を亡くしましたが、女性ながら地元の中学を卒業します。二年後十八歳で、京都の岸田俊女史の下へ、遊学の志を立てました」

「皇后に御進講の栄誉を受けながら、自由民権運動に身を投じたお方《かた》。大津での演説後、拘引・投獄のいきさつは、私も新聞で読みました。世間の支持は絶大でした」

「於菟は、国会開設は論じられても、女子教育を説く者がないのは残念だと考えたのです。岸田女史こそ師と仰ぐに相応《ふさわ》しい、と」

嘉志子は耳を傾け、息を潜める。

「進む道の過酷さを、お身内もお分かりだったでしょうに」

「それでも富井家の人々は、於菟を京都に出しました。その後、東京の坂崎斌《びん》の下へ。更には、景山英子との運命的な出会いを経て、大阪事件の発端になる実際運動へ」

巌本は、ここで茶を飲み干した。

「わが身を犠牲にする覚悟をお決めになった」

「しかし、於菟は、義兄の諫《いさ》めに従い踏み留まります。キリスト教への改宗を誓った置手紙を残して、再度、東京へ」

「そこで《明治女学校》と繋がるのですね。……きっと、『創立趣意書』が示す、『官でなく、又、外国人の設立にもあらず』に惹かれたのでしょう」

「教師であり、生徒でもある生活を送ります。……放課後は植村正久先生の下で英学を学びました。喜びと冀望に溢れた手紙を義兄に出しています」

巌本は、淡々とした口調の中に、富井於菟への尊敬と共感を滲ませた。

「女性ながら富井家を挙げて守られた於菟様が、少しばかり羨ましいです。……於菟様の大胆な行動力は、身内に愛されて育ったお方の強さのように感じました」

巌本が微かに困惑の表情を浮かべたように、嘉志子には見えた。

（巌本様に身の上をお聞かせして、ご負担を掛けてはならない）

(3)

二人は、《女学雑誌社》に戻った。

嘉志子はさっそく巌本に頼んだ。

「二月十五日発行の、『女学雑誌』十四号の割り付けを見せて頂けませんか。割り付けのやり方が難しくて……」

巌本は即答する。

「もちろん、お見せしましょう。良かったら、今、書いている『農業雑誌』の論説原稿や、『基督教新聞』の原稿も、お見せしますよ」

「嬉しいです。ぜひ、お願いします」

嘉志子は率直に感想を述べた。

「《明治女学校》の実務や講義もなさった上に、このようにいくつもの雑誌や新聞の原稿を書き、編集をなさるとは、お体がいくつあっても足りませんね」

「いやあ、好きな仕事をやっているのですから、疲れはしません。誰にも気兼ねのない、独り身ですし」

「……ところで『農業雑誌』とは、意外です」

巌本は、少しばかり照れくさそうに答えた。

「私は、中村正直先生の《同人社》を経て、津田仙先生の《学農社》で学びました」

「お二人共にキリスト者でいらっしゃいますね。津田様は、津田梅子さんのお父様。梅子さんも、《明治女学校》の最初の教師のお一人でしたね。皆様が繋がっていらっしゃる」

「洋式農法による日本農業の改革や開拓事業は、無産の旧士族の若者にとって、人生を開く有力な手段になると考えたからです」

「卓見ですね。旧会津藩士も、斗南の地で辛酸《しんさん》を舐めました。何も実らない土地であったと聞きました」

「《学農社》では近藤賢三君とも出会いました。去年、近藤君が『農業雑誌』の編集人を辞したので、私が編集の主力とならざるを得ません」

　傍らで、話を聞いていた近藤賢三が冷やかした。

「嘉志子さん。巌本は進んで『基督教新聞』にも書いているんですから、忙しいでしょう、とのご心配には及びません。忙しくないと、きっと生き甲斐を感じられないのでしょう」

「どうやら、そのようですね。私も、近藤様のお説に賛成致します」

　巌本は、顔を赤らめて即座に否定する。

「それは暴言というものです。私は、近藤君の後を歩き、編集の術も習いましたが、決して、忙しさを好む人間ではありません」

「ますます正解のようですね」

　同時に三人で笑った。嘉志子には、久しぶりに、旧知の友と、心から楽しい時間を過ごしている感得があった。

(4)

三月下旬の土曜夜、嘉志子はフェリスの自室で、二枚の半襟を広げて、悩んだ。着物は若草色の小紋と決めている。半襟を着物に重ねては、鏡で顔映りを確かめた。

明日の日曜日、海岸通り、居留地二十番に位置するグランド・ホテルのレストランで、世良田亮と昼食を共にする予定だ。

昨年末のお見合いから数えて、食事を共にするのは三度目になる。

自立した人生を目指すといえども、結婚してクリスチャン・ホームを築く夢は、嘉志子の中にある。

明日は遠慮せず、いろいろと聞いてみたい。具体的な話ができる信頼は、できている。

嘉志子は鏡に向かって微笑む。

(5)

日曜日の昼下がり、世良田は、いつも通りに、仕立ての良い背広姿で、にこやかに嘉志子を待っていた。

世良田は素早く立ち上がると、いつも通りの言葉で、嘉志子を迎えてくれる。

「お元気でしたか？　お目に掛かれて、嬉しいです」

嘉志子も、少しの彊直を感じつつ、いつも通りに挨拶を返した。

「ありがとうございます。元気にしております。世良田様もお変わりなく」

食事が済むと、嘉志子は自分から、世良田に尋ねた。

「今日は、世良田様のお仕事について、お聞かせ願えますか？」

「喜んで。さて、何から、お話ししましょうか？」

「何でも。……私は武士の娘です。でも、会津落城の前には、入城する祖父と別れ、任務の故とは言え、父とは一緒に暮らした記憶もありません。……武人の仕事と暮らしを、私なりに思い描きたいのです。世良田様を理解するためにも」

世良田は、嘉志子の顔を見守りつつ、静かに答えた。

「ご苦労なさったのですね。……私も上田藩士の息子です。決して雄藩の生まれではありません。戊辰戦争の際は、混乱もありました。ただ、あなたより七歳年長ですから、維新の年には十一歳、両親に守られて育ちました。恵まれていたと思います」

嘉志子は慌てて、笑顔で言葉を足した。

「私も、キダー先生を始め、たくさんの幸せな出会いに包まれて、今日があります。……海軍中尉としてのお仕事ぶりを、お教えください。お住まいやお食事も」

世良田は、ほっとした表情を浮かべてから、楽しそうに笑った。

「今度、横須賀へいらっしゃいませんか？　私の所属する横須賀鎮守府と横須賀造船所を見て下さい。きっと、イメージが湧きますよ」

「私のような、外部の人間が見られるのですか？」

「施設の内部は無理ですが。町、いや海全体を鎮守府が独り占めしています。海岸からの眺めも壮大ですが、小高い台地から見下ろす眺めも素晴らしいんです。……横須賀の入江も、海の色も美しい」

いつもの穏やかな言葉遣いとは違って、世良田の言葉が熱い。

嘉志子は、天邪鬼《あまのじゃく》になって反駁する。

「横浜の海も美しいですわ。私、フェリスから眺める海と街並みに、いつも癒されておりますもの。港の機能も一流ではありませんか？」

世良田は、生真面目《きまじめ》に説明を続けた。

「お説の通りです。しかし、横浜には、鎮守府を置く余地が既にありません。横須賀は軍港として、軍都として、今後ますます、発展しますよ。……私の本拠になると感じています」

嘉志子は思いを深めた。世良田は、誠実な人間に違いない。

「お話を伺ううちに、私も行ってみたくなりました。……ところで横須賀へは、どのようにしていくのですか？　まだ鉄道も通じていませんね」

「実際のところ、これからです。しかし、計画は既に立案されています。道路も鉄道も、近いうちに開通します。軍人と言わず、鎮守府で働く職工や家族、町の人口も廓大するでしょう。商店も賑わいます」

世良田は、自分の熱弁に気づいたようで、話を止めて嘉志子を見つめた。

嘉志子は、笑顔を浮かべつつ、冷やかすように返した。

「世良田様、海軍大臣の就任演説のようです。ご高説、しっかりと拝聴いたしました」

「参りました。嘉志子さんに一本、取られました」

嘉志子は、世良田との心の距離が近づいたように感じられて、嬉しくなった。

「軍艦に乗っている時はさて置き、通常の、軍人の住まいは、どこですか？　軍人の妻も、どこに暮らすのですか？　鎮守府の敷地の中でしょうか？」

世良田は、言葉を選んで丁寧に答える。

「私は独身者ですから、鎮守府の中の、独身者用の官舎住まいです。まあ、寮のような。……妻帯者は、鎮守府の敷地の外の官舎（借家）に住みます。ただ、階級ごとに間取りも広さも決まっていますが」

嘉志子は、瞬時、会津若松の武家屋敷が連なる街並みを思い浮かべた。

覚えず、言葉が出た。

「それは、面白いですね。……でも、私のような人間には、難しい」

世良田は、思いがけないという表情を浮かべた。

「私の説明が拙かったようですね」

嘉志子は、「いいえ」と打ち消してから、言葉を続けた。

「何でも感じた思いを、すぐ口に出してしまう私ですから」

「例えば、どんな風に、ですか?」

「世良田様の上官や、同期の皆さまの前で、女性も男性と対等だという思いが、態度や言葉に出るかもしれません」

世良田は、嘉志子を包まんばかりの笑顔を浮かべて、断言した。

「心配はありません。海軍の絆は強いんです。自立した女性こそ、敬意を以《もっ》て迎えられます。……少し、外を歩きませんか?」

二人は、海岸通りへ出た。春風が心地よい。

世良田は、嘉志子と並んで歩いて、言葉を続ける。

「桜の開花も、じきです。……士官の官舎は、海の見える台地の、緩やかな斜面を開発して建てられています」

「青い海を遠望して、心地よい風に吹かれる暮らしは、きっと、すてきでしょう」

時折、行き交う人の視線を嘉志子は感じた。そっと世良田を見ると、世良田は意に関せずの表情だ。

(世良田様は、風貌、体格、身なりと三拍子揃ったお人なのだ)

嘉志子は背筋を伸ばして、話題を変えた。

「ところで、休日は、どのようにお過ごしですか?」

「平時の休日は、その日の気分で部屋に籠ったり、今日のように外出したり。私は、東京の植村正久先生の許へも、よく出かけます」

嘉志子は世良田の平時という言葉に、微《かす》かな不安を感じた。

「今は平時と思いますが、戦争が直に始まるのですか？」

「また心配させてしまいました。……軍人の全ての職務は、戦時を想定して立案されます。持場を離れても、任務を忘れる時はありません」

「それでは、お気持ちが安らぐ時がありませんね。こうして、私と海岸通りを歩いていても、戦場を思っていらっしゃるのですか？」

世良田は笑って打ち消した。

「そんなことはありません。私は今、平時を堪能しています。いかに平時を継続させ、国と国民を守るかが軍人の主眼であると、私は考えます。……であればこそ、矛盾するようですが、私は家庭を持ちたいと思います」

嘉志子は深く頷くと、誠実に返事をしたいと思った。

「世良田様のお考えを十分に理解しましたと申し上げる自信は、まだありませんが」と前置きをして、一呼吸してから、静かに伝えた。

「世良田様の、軍人としての任務に対するお考え、私なりに受け止めました」

「ありがとう、嘉志子さん」

世良田は、この日一番の笑顔を浮かべた。

「任務の一部だけでもお話しできないのは残念ですが、私は全力を挙げて、嘉志子さんをお守りします」

（6）

嘉志子の日常は、平穏に過ぎた。

フェリス・セミナリーは、確実に繁栄していた。日本全国の他のミッション系女学校と同様に、志願者が急増して入学を断らざるを得ないほどだ。

四月中旬、ブース校長は新たな土地の購入と校舎新築の資金調達を兼ねて、帰米した。校長不在ではあるが、ミス・M・リーラ・ウィンが元気に代行をこなしている。

穏やかな春が暮れようとしている。楽しみな夏の訪れも近い。しかし、嘉志子は、毎夜、布団に入ると思いを巡らす。

世良田亮は、将来の夫として申し分のない人だ。それでも嘉志子は、考えざるを得ない。横須賀の官舎から横浜山手のフェリスまで、通勤はできない。

（結婚を機に、教師を辞める？　女性が自立した人生を送る手段として、この上もない立場を諦めるのか？）

世良田は、海外公館付きの駐在武官として赴任する道もある、と言っていた。

（二人でヨーロッパに？　夢のような話だ。でも、傍から見れば、鹿鳴館に集う女たちと同じだろう。私は自分の仕事を持っていたい）

もし、巌本善治に出会っていなかったならば。しかし、巌本から交際を求められた訳ではないのだ。ましてや、嫁娶の求めなど。

ただ、「何か書いてみませんか」、と勧めてくれた巌本の言葉が、今も頭にある。

（文筆は、結婚して家庭に入っても、できる仕事かもしれない）

気づけば朝だ。

嘉志子は、旅に出る必要があると感じた。行き先は、以前から行ってみたいと思っている、鎌倉とした。

（豊ちゃんを誘おう。雨の晴れ間を窺って……）

⑺

五月初旬の金曜午後、授業を終えると、嘉志子は、二歳年下の同僚の稲垣豊《とよ》とフェリスを発った。

豊は大柄で、朗らかな娘だ。教師になって日も浅いのに、授業や生徒に向ける真摯《しんし》な姿勢を、嘉志子は好ましく思っている。豊もまた、嘉志子を姉のように慕ってくれる。

横浜港から金沢（八景）まで、二時間弱、船に乗る。金沢に一泊して、朝比奈の切通しを抜け、鎌倉二階堂の大塔宮《おおとうのみや》の社と墓所を参拝する。土曜の夜には戻り、日曜礼拝には間に合わせる計画だ。

「嘉志子さんは、思った通りに大胆ですね」

豊は、海風に吹かれる髪を両手で押さえながら、笑顔を向けた。

「どうして？　豊ちゃん、来たくなかったの？」

「とんでもない、私は、長野の生まれですから、海には憧れがあります。でも、学期の最中に、こうして旅に出るとは。……嘉志子さん、お忙しいのに」

「思い立ったら、行動しないと。今週は雨の日も多かったのに、今日は晴れ。きっと神様のご加護に違いありません」

船は、金沢湊《みなと》に滑り込んだ。

金沢（八景）の宿では、広重の浮世絵『野島の夕照《ゆうしょう》』そのままの夕暮れを楽しみ、翌土曜日の朝、夜のまだ明けきらぬ頃、宿を発った。

露が立ち込めていて、辺りの景色は定かではない。ただ、島々に取り囲まれた入江の面は、敷物でも敷いたように静かで、夏島に棚引く霞は、時ならぬ雪かと見紛《みまが》うほどだ。

一方で、塩を焼く浜辺には煙が立ち昇り、漁師の漕ぐ小舟が波の花を咲かせている。波の面で戯れる水鳥の姿も見える。

「嘉志子さん、今日も快晴です！」

「嬉しいわ、豊ちゃん。さて、今日は、心して行きましょうね。かなり険しい峠道のはずだから。くれぐれも、転ばないように」

嘉志子は気合たっぷりに、豊に応えた。

六浦を経由して、朝比奈の切通しを通過し、鎌倉を目指す山行だ。

豊は悪戯《いたずら》っ子のような目をした。

「それを言うなら、嘉志子さんこそ。途中で足が痛むようであれば、言って下さい。休み休み行きましょう。いざとなれば、嘉志子さん一人くらい、私は背負えます」

嘉志子は、年下の豊が頼もしく、可愛くてならない。

「まあ」と、小さく言ってから、改めて、「よろしくお願いします」と、お辞儀をした。すると豊も、お辞儀を返した。

なんだか可笑しくて、二人で笑い転げた。

山中は、遅い春の気配で、山々は若やかに萌えている。谷川の畔《ほとり》には杜若《かきつばた》が咲き乱れ、咲き終えた花弁《はなびら》は、流れを埋めた。

「嘉志子さん、入江の景色も見事でしたが、この山の景色も見事です」

「本当に。思わず見惚れてしまう美しさ。でも、やがて、この流れも……古典の世界が浮かびました」

「どのような場面ですか？」

「兼好法師よ。『飛鳥川の淵瀬常ならぬ……』。知っているでしょ」

「なるほど。この美しい流れも変わる時が来るかもしれませんね。いやいや、私、嘉志子さんが言いたい思いが解りました。続きを仰《おっしゃ》って下さい」

豊は得意の表情だ。

嘉志子は、「流石《さすが》ね、豊ちゃん」と言って、照れつつも暗誦《あんしょう》する。

「桃李ものいはねば、誰とともにか昔を語らむ。まして、見ぬ古《いにしえ》のやむ事なかりけむ跡のみぞ、いとはかなき」

豊は、優しく返してくれた。

「嘉志子さん、今日は存分に、昔の栄華《えいが》を偲《しの》びましょう」

嘉志子は、しんみりと頷いてから、笑顔で続けた。

「そこから何か目出度《めでた》く、栄えあるものを導き出す示唆《しさ》を、得ましょうね」

気づけば道は次第に急峻《きゅうしゅん》となり、道幅も狭まった。

慌てて下駄を、持ってきた草鞋《わらじ》に履き替える。

見上げると、道の両側は、恐ろしいほどに高い壁だ。てっぺんに草が生えている。堆積《たいせき》した砂岩《さがん》と泥岩《でいがん》と思われる岩肌からは、その昔、海底から隆起したのであろう様が見て取れる。崩れた岩が、足元に転がっていた。

「谷底のようね。……豊ちゃん、追い剝ぎが出たらどうしよう」

「出ませんよ。第一、私たちは取られたら困るようなもの持っていませんし」

豊は顔を崩しておどけて見せた。

「そうだった。私たち、どこから見ても、高貴な姫君には見えません！」

嘉志子も、声の調子を高めて豊に合わせる。

「それより、この辺りから下りですよ。滑りますよ」

道の表面が、うっすらと濡れている。

下るに連れて、どこから染み出すのだろうか、道の表面の半分は、小さな流れに変わった。

　流れは、片側の溝《みぞ》に落ちて、更に勢いを増している。背後の森から流れ出た水が、溝を作ったに違いない。

「嘉志子さん、足場を選んで。なるべく足袋を濡らさないように」

　豊は山行の指揮官の風情だ。

「ありがとう。気を付けているわ。……道の半分、浅い川のよう。雨続きだったからかしら？　脇にできた小さな溝では収まり切れないのね」

　嘉志子たちを追い越していく人も、鎌倉側からやって来る人もいない。嘉志子は話していたい気分だ。

「それにしても昔の人は見事ですね。いくら執権の泰時の号令とは言え、この切通しを期間一年で仕上げて、鎌倉へ材料を運んだのですから」

「戦いにも備えた！　こんなに足場の悪い所を。……ここは尾根なのか、沢筋なのか？　水が溢れています」

　辺りには、楢《なら》や櫟《くぬぎ》の大木が茂り、足元には青木や、紫式部、羊歯《しだ》が群生している。紫蘇《しそ》、水引草と、野草も可憐な姿だ。

　難渋の割には、一時間もしないで、切通しを越えた。

　出口には三郎の瀧があった。切通しを流れた水は、滝壺に落ちて、大刀《たち》洗川《あらいがわ》に流れ込む。水が溢れる理由も分かった。

この先は、大刀洗川に沿って、大塔宮《おおとうのみや》を目指すばかりだ。

(8)

明治の世になり鎌倉宮《かまくらぐう》と名前を変えた大塔宮（護良《もりなが》親王）の社《やしろ》を参拝する。幽閉されたと聞く土窟《つちろう》も神司《かんつかさ》に見せて貰った。

神司の説明を聞いても、岩肌を穿《うが》った土窟の中は暗く、よく見えない。

過酷な幽閉を強いられた果てに、お命を奪われた護良親王のお姿を想うと、あまりのお労《いたわ》しさに胸の鼓動が速まった。想像していたけれども。

（どんなにかお辛く、ご無念でいらしたでしょう）

親王の急を聞き、駆け付けた南ノ方（雛鶴《ひなつる》姫）の健気さも、いじらしいという言葉では表しきれない。逃避行の最中に、落ち葉を褥《しとね》にして御子《みこ》を産み、亡くなられたとは。

土窟の傍に、伊賀守が、親王の御首級《みしるし》を捨てたと伝わる藪があった。次に、ここから遠くない、首塚と呼ばれる親王の墓所を訪ねた。

苔生《こけむ》した石の階段を八十ほど上った山の峰の、老松の根元に、墓はあった。理智光寺の僧侶が埋葬したと聞いた。今、寺はない。

風が吹いていた。鳥の囀《さえず》りだけが聞こえる。

階段の一番上に、敷物を敷いて、豊と二人で座った。

静寂の世界で、息を整え、一休みする。

「静かですね」

「本当に」

山桜が散りかけていて、花弁が舞っている。櫟、樫《かし》、楠《くす》などの大木の梢が揺れて、葉擦れの音がする。嘉志子は目を閉じた。

（五百年を遥かに超えた古《いにしえ》の都の古跡に、私は、いるのだ）

護良親王が今の世に御存命でいらしたならば……などと、取り留めのないことばかり想った。

想いは、正義を信じて懸命に生きた会津の人々に繋がる。

（私の愛しいお母様、お祖母様。私は、今、奮励《ふんれい》していますよ）

涙が溢れて、しばし、時の経つのも忘れた。

豊ちゃんが、「嘉志子さん、こんなに穏やかな気持ちになれたのは、太古の昔から続く命を感じられたからですね」と、歌を詠んだ。

『来てみれば　しらぬ昔しの　花ざくら　ちりにし山の　したわしきかな』

嘉志子は、思わず豊を抱き締めて、返歌を詠む。

『此のみよに　ゆかり少なき　それならで　カルバリ山を　いかに見ゆらめ』

（キリスト受難のカルバリ山にも、このように優しい風が吹いていたのでしょうか？）

フェリスに帰着すると、嘉志子はさっそく旅日記を書いた。題名は「旧き都のつと（土産)」とし、文末には歌も二首載せ、《女学雑誌社》へ送った。

『風流な歌とは言えませんが、歌を詠んで元気になりました。鎌倉土産《みやげ》は、歌です。この文章から、筆名は「賤子《しずこ》」とさせて下さい。生涯、基督者として、奢《おご》ることなく生きて行く所存です』

第四章　《明治女学校》の継承者

⑴

嘉志子が執筆した旅日記『旧き都のつと（土産）』は、筆名を「横浜・若松賤《しず》」として、五月十五日発行の『女学雑誌』二十三号に掲載された。

夕食後、豊《とよ》ちゃんが一番先に喜んでくれた。

「嘉志子さん、載りましたね。いよいよ文筆家として初登場ですよ。『若松賤』の名前も、すてきだなあ。……私の拙《うたな》い歌まで一緒に。嬉しいです」

二人で喜んだのもつかの間にして、嘉志子は、五月二十五日発行の次号、二十四号に打撃を受ける。

編集人が近藤賢三から巌本善治に代わっていて、変更の経緯《いきさつ》は、巻末の社告に詳しく記されていた。

近藤賢三が、二十四日早朝、心臓病で急逝《きゅうせい》したとは。二月初旬に、本郷弓町を訪れた時に会った、穏やかな面影が浮かんで離れない。

次いで、巌本の落胆し、憔悴《しょうすい》した表情を想った。

（長きにわたって、師とも、兄とも、同志とも慕うお人を亡くされた。『女学雑誌』は、どうなるのだろうか）

何はともあれ、お悔やみの文章を《女学雑誌社》へ送付しようと決めた。

(2)

世間の思惑《おもわく》に反して、『女学雑誌』は滞ることなく発行された。

六月五日発行の二十五号に、巌本は「近藤賢三君の履歴」を発表し、弔《とむら》った。

追悼文は、遠州見附在の森本村に生まれた近藤賢三の、数奇とも言える人生の輪郭と、巌本との関わり、巌本の賢三への心情を記して余すところがない。何度も繰り返される『悲矣哉《かなしいかな》』の文言に、嘉志子は心を打たれた。

（近藤様は十四歳にして報国隊《ほうこくたい》に入り、江戸に下られたとは）

嘉志子は、確信する。

近藤賢三の経歴の全てが、……大村益次郎に認められ愛された過去や、氏亡き後に、様々な学びを経て『農業雑誌』の編集員として文壇に登場する……、巌本善治を育てたのだ。

（近藤様がいらっしゃらなかったら、『農業雑誌』の繁栄もなかった。『小学雑誌』も『女学新誌』も、完成形としての『女学雑誌』も、誕生しなかった）

近藤賢三と巌本善治の出会いは運命なのだろう。

時を置かずに、追悼文を執筆した巌本の活力にも、改めて驚かされる。

（悲しみに打ち拉《ひし》がれるだけではないお人！）

嘉志子が予想したとおりに、巌本は書き続けた。水を得た魚とは、巌本の現況を表すに相応《ふさわ》しい言葉だと、嘉志子は思う。

巌本は、大きな支えを失って、表に出ざるを得なかった。それが吉と出た。人の世の不思議な摂理《せつり》が働いたに違いない。

巌本は、六月二十五日発行の二十七号から、『女子と小説』と題して連続掲載を始める。七月二十五日発行の三十号で、初めて、『（持主兼編集人）巌本善治』と名乗った。

(3)

嘉志子は、時間ができると、（それは二か月に一度ほどだが）、《女学雑誌社》を訪ねていた。ある日、思い切って尋ねてみる。

「とても失礼ですが」、と断った上で、続けた。

「『女学雑誌』の評判が、ますますよろしいですね。巌本様を執筆に駆り立てるものは、何ですか？　世間では、近藤様を亡くした寂しさを忘れるために、あるいは、《女学雑誌社》を継続させるために、巌本様は執筆に集中しているのだろう、などの噂も喧《かまびす》しい。でも、私は賛成できません」

巌本は、「そうですか」、と短く答えてから、姿勢を正して嘉志子を見据えた。

「あなたは、やはり不思議な方です。今回のように、今までも、何度か質問されましたよ。答えは変わりません。キリスト者となって、私の人生は変わりました」

巌本は一息吐いて、一気に続ける。

「私には、昨秋に開校した《明治女学校》で、若い生徒たちを育てる任務があります。『女学雑誌』は、《明治女学校》の生徒とその父兄に寄せる大きなメッセージでもあると考えています。……今後、中央政府は、《明治女学校》に様々な縛りを掛けてくるかもしれません。やっと女子教育に、世の中の目が向けられるようになったばかりなのに。私は、焦っています。今の時を逃せません」

嘉志子は、素朴な疑問を口にする。

「発起人は、校長の木村熊二様を筆頭に、実業家、キリスト者、政治家と、当代を代表なさる錚々《そうそう》たるお方ばかり。ご心配には及ばないのでは、ありませんか？」

巌本は、心なしか、寂しそうに応えた。

「あなたはお若いから。……発起人に名前を連ねても、往々にして、実際に活動できるとは限りません。ご事情はいろいろでしょうが、余りに高いお立場は制約も多い」

嘉志子は、納得できない。

（巌本様だって、私より一歳年上に過ぎません。十分にお若い）

嘉志子は、少しの憤慨と、多くの憂慮を抱いた。

「少なくとも、校長先生がいらっしゃるでしょう。巌本様だけが重い荷物を背負い過ぎてはなりませんわ。それこそ、お体を壊してしまう」

「校長先生は、高潔な理論家ですが、実務家ではありません。奥様の、明治女学校取締《とりしまり》、木村鐙子《とうこ》様こそ、学校を支える大黒柱と言えるご奮励ぶりです」

「噂に聞く鐙子様。……熊二様がアメリカに留学なさっていた十三年の間、夫君《せのきみ》の栄達帰朝を信じて貧窮《ひんきゅう》に耐え、お母様と弟君の田口卯吉《うきち》様、ご子息の祐吉《ゆうきち》様を守られた。それにも拘わらず、帰朝なさった熊二様は、基督教の宣教師におなりであった。心中をお察しするに、余りあるものが」

　嘉志子は、女の身として、鐙子に加勢したくなった。

「私が鐙子様に代わって、熊二様に少しばかり苦言を申し上げたい」

　巌本は、嘉志子を包むような笑顔を見せた。

「鐙子様のご立派さは、熊二先生の帰朝後にこそ発揮されました。まず、ご自身がキリスト者になられ、様々な働きを道のために。《明治女学校》の設立にも大層なご尽力をなさった。鐙子様がいらっしゃらなかったら、今日の《明治女学校》は存在しなかったかもしれません」

　嘉志子は混乱を感じた。

「上手く言えませんが、なんだか恋人自慢を聞かされている気分です。鐙子様に心酔していらっしゃるんですね」

巌本は、嘉志子の意に反して、静かに続けた。

「そうかもしれません。鐙子様は、今も、学校の事務に始まり、熊二校長や教師を助け、生徒の相談にも乗られる。一週間の内、五日は寄宿舎に臥起《がき》して生徒と寝食を共にしていらっしゃいます」

嘉志子は、再び質問する。

「それでは、ご家庭の差配《さはい》は、どなたがなさるのでしょう。熊二様と、ご子息のお世話は？　お食事や、家内の片付け、お召し物の誂《あつら》えなども」

「週末の二日でなさると聞いています。私は鐙子様のご健康こそ心配です。……私など、商家《しょうか》に例えれば番頭でしょうか。率先して働く立場です。まだまだ働きが足りないと自覚しています」

嘉志子は、精悍《せいかん》の気は争えないが、目の前の痩せた、自分と同年齢とも言える若者の中に滾《たぎ》っているだろう情念に、深く打たれた。

(4)

明治十九年八月二十五日（水）発行の『女学雑誌』第三十三号は、《明治女学校》取締《とりしまり》、木村鐙子《とうこ》のコレラ罹患による急逝《きゅうせい》を報じた。

嘉志子は動悸の高まりを抑えられない。

（近藤様が亡くなられて日も浅いのに、巌本様が心配なさったとおりになってしまった）

鐙子に会って話す機会を逸した自分を責めた。

（私の油断なのだ。なんと愚かな……）

何を押しても鐙子の葬儀に参列すると決めた。

記事には、葬儀は下谷《したや》教会で、九月二日（木）午後三時から、とある。鐙子の夫の熊二が牧師を勤め、鐙子がバプテスマを受けた教会だ。

葬儀の日は迫っていた。嘉志子は巌本に連絡を取り、参列の意思を伝えた。

巌本から、「参列者が多いと見込まれるので、時間に余裕を持って、お越し下されたし」と、短い返信が届いた。

(5)

巌本の忠告を守って、嘉志子は二時には教会に着いた。しかし、予想に反して、既に参列者が教会の外にも溢《あふ》れていた。

嘉志子が躊躇《ちゅうちょ》していると、背後からそっと中へ押された。

「さあ、中へ。前のほうにお席を用意しています」

嘉志子が振り向くと、黒の背広姿の世良田亮だ。

「世良田様、どうしてここに？　どうして私が分かったのですか？」

世良田は、変わらぬ穏やかな表情で、少し笑顔を見せた。

「嘉志子さん、私がクリスチャンだという事実を、お忘れですか？　植村正久先生にお仕えしている身の上も」

「忘れてなど、おりませんわ。ただ、余りにも絶妙《ぜつみょう》な頃合いですもの。まるで、打ち合わせをしたような。今日は、お仕事は？」

世良田は、困惑《こんわく》を楽しむ風情で説明を加えた。

「参ったなあ、嘉志子さんには。平時ですから、軍人でも休暇は取れます。……今日は、植村先生が、『コリント信徒への手紙第十三章』より作詩なさった讃美歌、『愛は滅びず』を以て、鐙子様の霊を御慰め申し上げる大役を果たされます。私にも役割が」

嘉志子は大きく頷くも、間を空けず質問する。

「それは大役です。ならば、世良田様のお役目は、済みまして？　式は、これからですよ」

世良田は全く動じる気配を見せない。

「お心遣いありがとう。開始前の役目は大体、済みました。あとは、参列者のお世話係をするようにと。前のほうに、いくつか席を押さえました」

「そこへ私が現れた……」

嘉志子は、無思慮とは思いながらも、可笑《おか》しくなった。

「それにしても、よくお分かりでしたね」

「私は、嘉志子さんほどの美人を見逃しはしません。おまけに、長身で。どなたの目をも引きます。さあ、前に」

嘉志子は、世良田に導かれて着席した。

（世良田様こそ、絵に描いたような紳士でいらっしゃる。いや、堂々たる偉丈夫《いじょうぶ》）

世良田は嘉志子を案内すると、祭壇の脇の扉へ姿を消した。

嘉志子は、そっと辺りを見渡す。巌本の姿は見つけられない。

（6）

定刻の午後三時に、教会堂にオルガンの響きが流れた。

会葬者一同は起立して鐙子《とうこ》を迎える。

海老名弾正《えびなだんじょう》を先頭に、黒布を掛けた鐙子の柩が（遺骸《いがい》は既に荼毘《だび》に付されていたが）縁《ゆかり》深い人々の手で運び込まれる。

柩の上には、鐙子が死の前日に撮った写真が置かれていた。

葬儀は、司式者《しきしゃ》の大儀見元一郎《おおぎみもといちろう》の序言で始まった。

着席した嘉志子には、柩の傍らに座った喪主の木村熊二が俯《うつむ》き加減で、たいそう寂しげに見えた。

まず、三浦宗三郎《みうらそうざぶろう》が、鐙子の霊が神の御前に招かれたことを神に感謝し、祈禱した。

次に、讃美歌の斉唱がなされる。

コリント前書、第十三章より、「愛は亡びず」。

『去りにしひとの　こしかたを　かへりみすれば　うつせみの
もぬけのからと　なりしかど　こころはいかで　消えぬべき
神のまさみち　分けのぼり　まめなるこころ　いやふかみ
はじめたまひし　善き事業《こと》の　にほひはいまも　かぐはしき……』

植村正久が、鐙子の葬儀のために作詞したと、世良田から聞いた歌だ。一音符一音に合わせた歌詞は、見事な七五調で、参列者の胸を打った。

続いて、奥野昌綱《おくのまさつな》が聖書を朗読し、巌本善治が鐙子の履歴を演述《えんじゅつ》する。

嘉志子は、登壇した巌本を、目を凝らして見つめた。

黒の礼装に身を包んだ巌本は、いくぶん緊張しているように、嘉志子には見えた。

巌本は、丁重に巻紙を開くと、良く通る声で語り始めた。

鐙子は、嘉永《かえい》元年、田口耕三の娘として、江戸に生まれた。

田口家は、初代の右衛門が八代将軍の吉宗に、従士《じゅうし》として仕えて以来の旗本の家系だ。

母方の曽祖父《そうそふ》、佐藤一斎《いっさい》（昌平黌《しょうへいこう》の儒官《じゅかん》）が名付け親となった。

十七歳の時、木村熊二の妻となる。

熊二は、弘化二年、仙石藩《せんごくはん》、出石《いずし》の儒臣《じゅしん》である桜井家に生まれるも、八歳の時に江戸に出て、御家人、木村琶山《わざん》の養子となる。昌平黌で学び、第十四代将軍の家茂《いえもち》公の世に、徒目付《かちめつけ》の御家人として幕府に仕える。

生い立ちから、木村熊二との結婚まで、淡々と演術は進んだ。

嘉志子は、巡り合わせの妙を思う。

（儒学者の家系のご縁が、お二人を結びつけたとは）

幼少時より、『士の妻とならんとせば夫を助くるの心がけなかるべからず』と教育された鐙子は、剛毅《ごうき》に教えを守った。

戊辰《ぼしん》の年、徳川に殉ずるため、死を覚悟して後事を託す熊二に、鐙子が、『謹んで命《めい》を奉せり　国事《こくじ》ただ重《おも》し　幸いに家事を念とせらるる勿《なか》れ』と返した逸話《いつわ》は、深く嘉志子の胸を打った。

嘉志子は思う。この「武士の妻たる信条」が、鐙子の悲壮な生涯を決定し、支配したに違いない。

そうでなければ、どうして維新直後の貧窮《ひんきゅう》や、熊二洋行中の精神の面でも困難な十三年を耐えられようか。

巌本の演術は粛々《しゅくしゅく》と続いている。

演術は熊二が帰国し、間もなく鐙子も受洗する終盤の山場を迎えようとしていた。

教会堂の中は静まり返っている。嘉志子は、集中する。

『……西教に帰するに至りて資質一変し、温然たる和気能《よ》く衆を容《い》るるの人となれり。熊二氏かつて学塾を府下の谷中初音町《やなかはつねちょう》に開きて生徒を集めしが、鐙子公務を助けて書生を愛遇《あいぐう》すること、己の子の如くにして、書生、皆その誠心に感孚《かんぷ》したり。『女学雑誌』記者の巌本善治は当時、塾中に在りて学を木村氏に受けしが、鐙子の滋誠《しせい》に感じ、之を見ること母の如く……』

嘉志子に閃く思いがあった。

鐙子が受けた武士的な教養は、峻烈《しゅんれつ》な精神主義であり、理想主義であって、克己、公平、慈悲にと鍛錬《たんれん》されていたに違いない。この鐙子の心が、キリスト教の正義を受け入れたのだ。

鐙子は「武士的婦人」であり、「キリスト教の感化を受けた婦人」であると言われているが、両者は一直線上に繋がる。真理は一つであり、普遍なのだ。

嘉志子は他人目《ひとめ》も憚《はばか》らず、涙を流した。

(何という寂しさ。大切なお人を失ってしまった)

巌本の演術は、清清として、三十分を超えて終わった。

この後、海老名弾正の説教があり、鐙子の生き様の見事さと、併せて基督教の優位を讃えた。

最後に小崎弘道《こざきひろみち》の告別の祈禱があり、讃美歌が歌われたが、嘉志子は、どれもよく覚えていない。気づけば教会堂の外へ押し出されていた。

(7)

二日後の、明治十九年九月四日（土）の毎日新聞に、鐙子葬儀の記事が載った。

嘉志子は記事を一読し、参列者の豪華さに、改めて感心した。

（お名前を知られている、当代を代表なさる基督者の多くが、ご出席なさった）

記事は概《おおむ》ね好意的で、中でも『此の儀中、最も衆人の感情を動せしは巌本氏が履歴の演説にして、同氏は木村氏に親交ありて、鐙子よりほとんど生子《うみのこ》の如き愛遇を以《もっ》て、その志行《しこう》を知ること他人の比にあらず……』の文言に、嘉志子は納得する。

ふと、嘉志子は、疑問を思いついた。

巌本は、一人で、あれほど膨大な原稿を、わずか十日ほどで書き上げたのだろうか。細部にわたる情報を集めるだけでも、困難な作業だ。協力者？　木村熊二より他には、ありえない。

嘉志子は、黙想して疑問を収めることにした。二人の合作で良いのだ。

（奥様を亡くされた熊二氏が、憔悴《しょうすい》の中で、原稿の土台を執筆したのならば、称賛されるべきだ）

冒頭を始め、所々に示された当代への批評的な文言、何よりも漢文口調は、熊二の教養と人生経験から生みだされたものに違いない。

しかし、巌本がいなかったならば、どうであったか。氏の意を汲んで、演術できるのは、巌本より他にはいない。

(8)

嘉志子は、翌五日（日）発行の『女学雑誌』三十四号を見て、再び驚いた。巌本善治の名前で、「木村とう子の伝（一）」が掲載されていた。

嘉志子は一気に読んだ。

耳に残っている漢文口調の演術とは一転し、簡潔にして平明な文章。加えて、流れるような優しい響き。読み慣れた巌本の文章そのものだ。

嘉志子は思いを巡らす。

巌本は、『女学雑誌』の読者のために、演術原稿を書き直したに違いない。記憶に照らせば、文体だけではなく、内容や構成にも微妙な差異があるように感じた。

巌本の鎧子観を突き詰めて、前面に出したのだろうか？

五日の発行に間に合わせるために、巌本は、葬儀の行われた二日の夜には、徹夜で机に向かっていたに違いない。

嘉志子の予想通りに、九月十五日（水）発行の『女学雑誌』三十五号には、「木村とう子の伝（二）」が掲載された。鎧子の臨終の場面を描いて終わっている。

（お言葉通りに巌本様は急いでいらっしゃる。きっと今頃は、この続きを書いていらっ

しゃるでしょう）

俄《にわ》かに、嘉志子の中に、強い思いが湧き起こった。

（鐙子様を悼む詩を、私も書きたい）

題名は『IN MEMORIAM《メモリアム》』とし、副題を『After《アフター》 reading《リーディング》 Mrs.Kimura's《ミセスキムラ》 life《ライフ》 as it appeared《アピアード》 in "Jogaku Zasshi《ジョガクザッシ》"』とした。

嘉志子は、一気に十五連《れん》からなる英詩を書き上げた。

詩のイメージの中核には、「翼」を置いた。

いつも愛を語り、人々を勇気付けた鐙子を、Song-Birdに例える。

Song-Birdは、今、輝く地平線の向こうに舞い上がって去った。

地上に取り残された者たちの悲しみの大きさを嘆き、遺志を全うした後に、天上での再会を祈念する構成だ。

(9)

十月五日（火）発行の『女学雑誌』三十七号に、「木村とう子の伝（三）」が掲載された。
（一）や（二）とは趣《おもむき》を変えて、鐙子が同志社で学ぶ息子の祐吉に寄せた手紙や、アメリカで学ぶ夫君の熊二に寄せた手紙を紹介している。
その中には、鐙子の詠んだいくつかの和歌もあった。

巌本は、『熊二君が十三年間の洋行中に送られたる文どもを見れば、君が真心と愛情とに打たれて、涙、潸々《せんせん》たるを覚えず』、と書いた。

後半は、下谷教会での葬儀の様を参会者四百余人と描き、鐙子の心残りであったであろう三点について、丁寧に述べている。

鐙子が計画した「婦人矯風会《きょうふうかい》」が、《東京婦人矯風会》として成立した点であり、《明治女学校》が隆盛の運に向かっている点であり、一子の祐吉の現況である。

『君が永逝《えいせい》の床《とこ》に於いてだも尚《なお》、その教育を顧慮《こりょ》したる一子の祐吉は、余、今、朝夕の寝食を共にして兄弟の如し』

（《女学雑誌社》の社員として採用なさり、お世話しているという噂通り。親ができないことをなされて……）

嘉志子は改めて、鐙子の後継者たらんとする巌本の強い決意を感じた。

末尾の一文は、さらに激しく、巌本の決意を示した。

『天王寺《てんのうじ》中の樹高し、墓標その下に立て余輩《よはい》の前途を教《おし》ゆ』

（巌本様、くれぐれも、お自愛なさって下さい）

嘉志子は、なぜだか分からないが、泣きたくなった。

嘉志子の英詩は、『女学雑誌』三十七号の後半に、英文のまま、掲載された。

第五章　人生讃歌

(1)

木村鐙子を悼《いた》む英詩『IN MEMORIAM』は、多くの好評を得た。

巌本からは、『原稿をお寄せ下されたし。テーマは、お任せします』との手紙も届いた。

嘉志子は、素直に受け入れられない。『テーマは、お任せします』なんて。

豊ちゃんに相談すると、あっさり躱《かわ》された。

「書いて下さい。嘉志子さん、書きたいテーマを、幾つもお持ちでしょ」

「そうだけど。鐙子様を悼《いた》んだ後には、ちょっと難しいな」

豊ちゃんは笑顔で、揺るぎがない。

「今回、『女学雑誌』の読者の質の高さが、改めて分かりましたね。いろいろ試す場を得たと考えれば、良いと思いますよ」

「例えば？　もう、豊ちゃんに頼るしかない」

「嘉志子さんの得意な領分は、どうですか？　……例えば読書案内。子供から、大人まで。主婦から、先進女性まで。対象を設定したら、様々に書けますよ」

嘉志子は、豊の提案に大きく頷く。

「ただし、嘉志子さん、本丸は、この先です」

「なに？　別のテーマ？」

豊ちゃんは、澄まして、得意の表情だ。

「お願いします。教えて下さい」

嘉志子は、最敬礼した。

豊ちゃんは、「えへん」と軽く咳払いをして、話し始めた。

「お気に入りの海外の作品を紹介しては、どうでしょうか？」

「英文そのものではなく？」

「もちろんです。まずは、短い作品を。……英詩は、どうですか？　鐙子様を悼む詩の好評もありましたから」

驚愕だった。

嘉志子は授業を終えると、毎日、自室に籠った。

（急ごう。あんな執筆依頼をお寄こしになったのだから、巌本様は、夜も眠らず執筆を続けていらっしゃるに違いない。読者の期待に応える記事が、『女学雑誌』を支える！）

嘉志子が選んだ英詩は、Longfellow《ロングフエロウ》の、九連からなる『A Psalm of Life《アサームオブライフ》』（人生讃歌）。

出来上がった訳詩は、『世渡りの歌』と題し、嘉志子の、人生に寄せる強い思いが込められた作品になった。

(2)

十一月に入ると、世良田から食事の誘いの手紙が届いた。

日時は、十一月二十日の土曜日。

場所は居留地にある、アメリカの家庭料理を出すレストランだ。

少し早いけれど、来週の木曜日のサンクスギビング・デイを祝うディナーを楽しんで、今年を振り返りましょう、と。

待ち合わせは、いつものグランド・ホテルで三時とし、夜の八時までには、フェリスまでお送りします、とも。

嘉志子は手紙を読むや、ある胸騒ぎを感じた。

（私は、世良田様のお心の広さに甘えて、失礼を重ねている。どのようなお叱りを受けようとも……）

嘉志子は、平静になろうと努めた。

次に、今の正直な気持ちを纏めてみた。

もし、世良田に交際の打ち切りを告げられたら、残念ではあるが甘受《かんじゅ》するしかないだろう。結婚への諾否《だくひ》を求められたら、「もう少し、お時間を下さい」としか答えられない。

嘉志子は精一杯の振る舞いをしようと覚悟を決めた。

土曜日に、グランド・ホテルで嘉志子を待っていた世良田は、いつもと変わらぬ表情だ。

掻き上げた髪、広い額、太い眉、二重瞼の大きな目、通った高い鼻筋。

嘉志子は、改めて、世良田の顔を見つめた。

（穏やかな表情の中に、軍人に相応《ふさわ》しい、強いお心が溢《あふ》れたお顔立ち……）

世良田は開口一番に、嘉志子を褒《ほ》めてくれた。

「今日のお支度《したく》も、お似合いです。お目に掛かれて光栄です」

嘉志子は、嬉しさと同時に、内心、ほっとした。

「今日は、嘉志子さんと一緒に、アメリカの家庭料理を楽しみたいと考えました。気に入って頂けると嬉しいのですが」

俥で案内された店は、グランド・ホテルから遠くない、小さな店だった。

「ここは、たぶん、フェリスからも遠くありませんね」

世良田は笑顔で頷くと、説明を加えた。

「ご夫妻だけでやっている、料理も接待も家庭そのものという店です。知っている人間だけが、もてなしを受けられる。……人に気を遣う必要もありません」

見渡せば、小さな居間のような部屋に、テーブルが五つ配置され、時間が早いせいか、他の客は見当たらない。

③

貸切を入れておいたからだろう。料理は、じきに運ばれた。

大皿の中央にターキー一羽の丸焼きが置かれ、周りをマッシュド・ポテトにニンジンのグラッセ、芽キャベツのスープ煮込みの類《たぐい》が埋めている。ターキーのこんがりと艶《つや》やかな焼き色や、副菜の彩《いろどり》の鮮やかさが見事だ。

「なんとも美味《おい》しそうです。……こんなにもお心遣いを頂いて」

「食べましょう。冷めないうちに。たくさん食べて下さい」

世良田が合図すると、店のマダムは、にこやかにやってきた。

「お取り分けしてよろしいですか？　アメリカでは、ターキーの切り分けは一家の長の大事な役目ですが……」

嘉志子は世良田を見つめる。

世良田は澄まして依頼した。

「今日は、お願いしましょう。今後は私が」

マダムが切り分けると、ターキーのお腹からは、パンに栗などの詰め物も現れた。

嘉志子は甘酸っぱいクランベリー・ソースを掛けて、一口そっと頬張《ほおば》る。美味《おい》しさが、体中を駆け巡った。

「世良田様、あまりに美味しくて天にも昇る気分です！」

「嘉志子さん、それは、ちょっと言い過ぎです。お着物を汚さないように気を付けて」

それから世良田は、呟《つぶや》くように言葉を付け足した。

「……あなたは、無邪気な子供のように可愛いお人です」

コース料理の締めには、南瓜《かぼちゃ》のパイとコーヒーが出された。

（私は、今日、何をしに来ているのかしら？　世良田様の愛に包まれて、幸せなのだ）

世良田は、変わらずニコニコしている。

「今日は、嘉志子さんの食べっぷりの見事さに感動しました」

嘉志子は返す言葉が分からない。

④

静かな店で、嘉志子と世良田はコーヒーを飲みながら寛《くつろ》ぐ。

「この一年、嘉志子さんが『女学雑誌』に寄せられた文章は、どれも読み終えて心地良さが残りました。名文です」

「お読み下さったのですね」

「もちろんです。どの文章にも、根柢にキリスト者としての資質を感じました。それも、日々の誠実な暮らしの中で摑《つか》み取る感得から、テーマに繋《つな》げていらした」

「世良田様、それは、ちょっと褒め過ぎです」

二人で笑った。

耳に入るのは、暖炉で爆《は》ぜる薪《まき》の音だけだ。

「……アメリカで下宿していた家庭での生活も思い出されます。夕食が済めば、夏は、家族揃って庭に出て散策し、涼みながら一日の出来事を振り返ります」

嘉志子が引き継いだ。

「冬は暖炉の傍らに集まって」

「その通りです。……会話を楽しんだ後は、讃美歌を斉唱する。祈りと歌が生活の基礎になっていました。もちろん日曜日には揃って会堂へ。慎ましくも暖かいクリスチャン・ホームに憧れた次第です。会堂では宗教上の質疑などに対して丁寧な説明を頂きました」

世良田は、少しばかり饒舌だ。

「……すっかり遅くなってしまいました。この続きは、次回に」

世良田は、慌てて俥の手配を頼んだ。

店の外に出て、マダムが場を外した一瞬だった。

世良田は、そっと、それでいて強く嘉志子の手を握った。

「大陸の情勢が不穏です。来年、私の役務には大きな変化があるでしょう。この一年のようなお付き合いは、難しいと思われます。……嘉志子さん、私と人生を共に歩いて頂けませんか？」

嘉志子は驚きで、ただ世良田を見つめることしかできない。

（痛いわ、世良田様）

マダムが見送りに出てきた。

世良田は、すぐに手を放した。

「失礼をお許し下さい。……年が明けたら、好いお返事をお待ちしています」

嘉志子には、あれほど上機嫌だった世良田の顔が、店の玄関灯の下で、微かに仄《ほの》白く見えた。

（世良田様は焦っていらっしゃるのだ）

第六章　惑ふ心の歌

（1）

明治二十年が明けた。

街中の松飾りがとれると、嘉志子は、約束通りに世良田と待ち合わせた。

一月上旬の海風は冷たいものの、日差しを感じる日曜日の午後、海岸通りのグランド・ホテルのレストランで、嘉志子は世良田と向き合って座った。

一皿が下げられると、嘉志子はそっと窓の外に目をやった。

海が光っていた。

唐突に言葉が出た。

「春が来ますわ」

「ちょっと早過ぎる。寒さは、これから。……嘉志子さんらしいな」

世良田は、にこやかに笑った。

「コーヒーを飲んだら、少し海沿いを歩きましょう」

嘉志子は軽く頷いたが、背筋を伸ばすと、世良田を見据えた。

声の震えを少しばかり感じながらも、決意を込めた。

「ご馳走様でした。とても美味しかったです。……食事を終える前に、私の気持ちをお伝えしなければなりません」

嘉志子の口調に、一瞬、世良田は昏惑《こんわく》したように見えたが、すぐに自分から話し始めた。

「どうも私は、せっかちで。あなたのお声を待っていられない。……私の生涯の同伴者になって頂けるのですね。この日を待っておりました」

嘉志子は俯《うつむ》いた。

ややあって、嘉志子は、自分を奮い立たせる。

「私が尊敬申し上げる世良田様が、私のような者を、仮にも生涯の同伴者にと認めて下さった。ご厚情に、心から感謝致しております。しかし、どうぞ、このお話は、これ切りで……」

世良田は、声を飲んだ。

「止《や》めると仰るのですか？　なぜ、止める必要があるのでしょう。あなたは私たちの交際を快いと仰った」

「その言葉に偽りは、ございません」

世良田は、畳み掛ける。

「私を、あなたと同じ基督者として信頼して下さった。私にとって、あなたは、実に、朋《ほう》友《ゆう》中の朋友です。幸運にも始まった交情を、一層、幸せに全うしたい。心からの願いです」

「これからも友人として、今まで通りに、愉快な交際の継続を」

「ならば、嘉志子さん、二人で力を合わせて、あなたが幼くして失った、あなたの憧れたホームを作りましょう。……それとも私では、役者として力不足ですか？」

「とんでもありません。……求婚とは、女性が男性から授けられる格別の栄誉と信じております。どうして、世良田様の思し召しを、仮初事《かりそめごと》に伺いましょう」

世良田は、呆然《ぼうぜん》とした表情だ。

「では、なぜです？　私には嘉志子さんのお気持ちが分からない」

「……私は、家庭に入る勇気が持てないのです」

「あなたは、あまりに臆病《おくびょう》すぎる」

「一時《いっとき》あなたのご親切を損《そこ》なうのも、心の誠実《まこと》からだと申しあげましょう。どうぞ、私の思いを、過《あやま》って下さりますな」

世良田は、嘉志子を宥《なだ》めるように語り掛ける。

「嘉志子さんの他には、考えられません。私の傍《そば》に妻としていて下さい。臆病でも、震えていても構いません。私があなたを抱き締めて温《あたた》めましょう。あなたの震えが止むまで」

「世良田様は完璧《かんぺき》なお方です。私の援助を必要となさらない。私は未熟で……」

「百歩譲って。嘉志子さん、あなたは今後、どのような人生を望まれるのですか？」

「自分でも、まだ分からないのです。しかし、先の見えない人生行路であっても、自分を信じて進んで行けば、見えてくるものがあるかも知れません。……微《かす》かな冀望です」

「私の妻になっても、探せるでしょう。私も一緒に探しましょう」

「いいえ、私はあなた様に似合いません。熟慮《じゅくりょ》の末です」

嘉志子は、きっぱりと答えた。ややあって、言葉を繋いだ。

「世良田様には、私よりもクリスチャン・ホームの女王《じょおう》に相応《ふさわ》しいお相手が、きっと現れるはずです」

（世良田様、許して下さい。私があなた様に抱く感情は、横浜で足を痛めた時に感じた、例えるならば、兄への信頼に等しいものだと気づきました。安らかで、暖かい……）

嘉志子には、世良田が、落ち着きを取り戻したように見えた。

「今までも苦労を重ねてきたのに、あなたは、まだ、一人で歩いて行くのですね」

「私は、行かなければなりません。やっと解《わか》ったのです」

嘉志子は、頭を下げ続けた。

(2)

嘉志子は、俥でフェリスに戻った。自室に入ると同時に、激しく嗚咽《おえつ》する。

（私への大きな愛情と支援を、自分で拒絶したのだ）

二度と逢うことはないと思えば、寂しさも募った。

（世良田様は今ごろ……）

世良田の名誉も傷付けたに違いなかった。

ずいぶん時間が経ったようだ。

冬の日暮れ時は早く、気づけば、とっぷりと暮れていた。

「嘉志子さん、お夕飯《ゆうはん》、ご一緒しましょう。礼拝にも」

気を利かせて部屋を出ていた豊ちゃんが、夕食の時間を告げに、戻って来た。

嘉志子は立ち上がり、身支度を整える。

手鏡を見て、心の中で、励ましの言葉を繰り返した。

（私が熟慮の上で選択した人生なのだ。泣いていては、世良田様にも申し訳が立たない）

「豊ちゃん、いろいろとありがとう。……泣き顔と分かるかしら？」

「分かったたって構いませんよ。私は嘉志子さんの味方です」

嘉志子が世良田を振った噂は、学内にも、教会の仲間にも、世間にも瞬く間に広がった。

あからさまな非難は何も聞こえては来ない。ただ、時に、何とはなしの冷ややかな視線や、ひそひそ声を感じる場面はあった。

「嘉志、残念だけれど、あなたの意思を尊重しますよ。元気を出しなさい」

キダー先生の言葉に、勇気づけられるばかりだ。

（3）

嘉志子は、当面の目標を二つ立てた。

一つは、基督者として日々の暮らしを充実させる。フェリスでの教職は重要な柱だ。

二つ目は、執筆の可能性を探る。分野を限らず、休まず書き続けようと決意した。

嘉志子は、一番に、英詩の翻訳を試みる。

いつでも手元に置いて愛読している Adelaid《アデレード》 Anne《アン》 Procter《プロクター》 の詩集から『A Doubting《アダウティング》 Heart《ハート》』（惑ふ心の歌）を選んだ。

嘉志子が生まれた年に、三十九歳の若さで亡くなったビクトリア朝の女流詩人から、嘉志子は多くの勇気を得ていた。

四連からなる原詩を、各連の中央に置かれた『O《オー》 doubting《ダウティング》 heart《ハート》 !』（ああ、証拠なしでは信じない、疑い深い人よ）で切り、以降を新しい連として、八連にした。

さらに『まどふ心のおろかさよ』と、挑発的とも言える『おろかさよ』を補う訳とした。

奇数連は、どれも、（一連）『Where are《フェアラー》 the swallows《スワローズ》 fled《フレッド》 ?』、（三連）『Why《ホワイ》 must《マウスド》 the flowers《フラワーズ》 die《ダイ》 ?』のように、読み手を不安にさせる疑問や打消の言葉で始まる。

しかし、偶数連となれば、『まどふ心のおろかさよ』と、豪快に不安を吹き飛ばし、来るであろう明日を肯定した。

『　まどふ心の歌

一連
雲井はるかに　とびさりし　つばめの行く衛《え》　いづくぞと
とへば答えて　をきつなみ　よせてはかへす　すさまじの
浦にこゞえて　果《は》つるらめ
二連
まどふ心の　おろかさよ　みどりの海を　へだてゝぞ
羽風もさらに　さむからぬ　岡にかけりつ　たわむれて
春かぜまちて　かえるらめ
三連
のべや園さへ　よそほへる　花は霜夜と　あともなく
消《きゅ》るゆへこそ　いぶかしゝ　涙のあめを　あだにして
かへらぬ者の　ためしなれ
四連
まどふ心の　おろかさよ　雪のしとねをまとひてぞ
ふく小嵐《こがらし》を　しのぶなり　やがて時得て　さきいでつ
君にえがほを　みするらめ……』

作業が進むに連れて、嘉志子は手応えと気分の高揚を感じていた。
（まさしく、今の私の気持ちそのもの。悩む必要など、ないのだ）

原作者のアデレード・アン・プロクターは、詩人であり、慈善事業家であった。詩人の父を持ち、文学者が多く訪れる、経済的にも豊かな家庭で育った。けれども、自身は、失業した女性や、家を失った人々のために、労を惜しまず働いたという。

嘉志子は、自身の自立宣言と言える『惑ふ心の歌』を、『女学雑誌』に投稿する。

見上げる一月末の空は曇天で、海から吹き上げる風は身を切る冷たさだ。しかし、春は、必ず訪れる。

第二部　巌本善治と《明治女学校》

第一章　春《しゅん》風《ぷう》

(1)

日曜日の昼食後に、嘉志子が自室で寛《くつろ》いでいると、豊ちゃんが戻ってきた。浮かない表情だ。

「どうしたの？　豊ちゃんらしくないわ」

豊ちゃんは、迷っているように見えた。

「嘉志子さん、良くない話を聞きました」

「なに？　私に良くないのね。大丈夫だから、話して」

「……世良田様が、三月の末に、ご結婚なさったそうです。嘉志子さんとの交際をお止めになって、まだ三か月にもならないのに」

覚悟をしていたし、喜ばなければならない話だ。でも、嘉志子は言葉が出ない。

豊ちゃんは怒っている。

「奥様となられたお相手にも、失礼ではありませんか？　お気持ちは、どのようにして確かめられたのでしょうか？　両天秤に掛けていらっしゃったのだとしたら、許せません」

嘉志子は、やっとの思いで応えた。

「世良田様は、結婚を急いでいらっしゃった」

「だからと言って、どなたでも良いという訳には、いきませんよ」

「お立場上、何か、ご事情が。急に、海外勤務が発令されたのではないかしら。……豊ちゃん、誰にも言わないでね」

「言いませんよ」

「お相手のお名前も、聞いたの？」

豊ちゃんは、無言で頷いた。

嘉志子は、自分の心の弱さと思いながらも、知りたい。

「……教えて」

「菅野能布さん。女子学院を卒業後アメリカに留学し、帰国したばかり。ご両親は、ともにクリスチャンである上に、お母さまは、バプテスト教会に縁《ゆかり》のある名家のご出身と」

「さすが豊ちゃん、地獄耳ね」

「食堂《じきどう》で、生徒たちが大騒ぎしていました」

「そうだったの。菅野というお名前に、聞き覚えがある気がします。……きっと、世良田様が望まれる、クリスチャン・ホームの女王に相応《ふさわ》しいお方でしょう。好いお話よ」

嘉志子は、自分のために心から憤慨《ふんがい》してくれる豊ちゃんに、感謝を伝える言葉が見つけられない。

嘉志子は、ただ、胸の中で言葉を嚙みしめる。

（すべては、落ち着くべくして、落ち着いたに違いない）

（2）

嘉志子の身近に、世良田亮の他にも、三月に、人生行路を大きく変えた人物がいた。

巌本善治は、《明治女学校》の教頭に任官していた。

嘉志子は、四月九日発行の『女学雑誌』五十九号で知った。

どんなにか心労の多い、労力も必要とされる立場であるに違いない。同時に、『女学雑誌』の編集人でもあるのだから。

嘉志子は、巌本を心配している自分に気づいた。

（巌本様に会いに行ってみようかしら。新しい事務所も、見たい）

四月下旬の日曜日、嘉志子は、京橋区日吉町八番地の《女学雑誌社》を訪ねた。

「やあ、いらっしゃい。ずいぶんと、久しぶりですね」

巌本は、変わらぬ姿で迎えてくれた。

「どうです。今度の事務所の印象は？」

少しばかり気おくれしていたのに、自然に言葉が出た。

「賑やかな街ですね。活気がある。便利なんですか？」

「まあ、そうですね。取引先や来客の足の便を考えまして。弓町の佇《たたず》まいは、気に入っていたのですが」

「私も気に入っていましたわ。大楠木《くすのき》に守られて」

嘉志子は一息つくと、唐突《とうとつ》に述べた。

「《明治女学校》教頭ご任官、おめでとうございます。一番に申し上げようと思って伺いましたのに、遅くなりました」

巌本は、声を上げて笑った。

「嘉志子さん、貴女《あなた》は、どうも不思議な人だ」

「そのお言葉、もう何度も聞きました」

「失礼しました。……やっぱり、先に食事に行きましょう。近くの料理屋ですが、中々旨いものを食わせてくれます。……嘉志子さん、何だか貴女は、ずいぶん痩《や》せてしまった」

「いいえ、私は元々、痩せ気味ですわ」

「元気ならば好いんです。私の所にもニュースは、いろいろ届きます。貴女が世良田亮氏を振った話も。……後悔しているのですか?」

嘉志子は込み上げる思いを堪えて、首を横に振った。

「貴女は、ご自分の判断で、人生の選択をした。何も、悩む必要はありません。……私で良かったら、何でも伺いますよ」

嘉志子は、呟《つぶや》く。

「世良田様は、この三月の末に、ご結婚なさったそうです」

巌本は微かに微笑んだ。

「その話も、聞いていますよ。良かったですね。世良田氏がいつまでも独身を貫いていたら、貴女は考えてしまうでしょう。地位のある軍人は、妻帯を求められるのです」

⑶

出された食事は、嘉志子の食欲をそそった。

鯵《あじ》の塩焼に豆腐の味噌汁、山盛りのご飯は麦入りだ。添えられた沢庵漬《たくわんづけ》も美味《おい》しい。

「庶民の食事ですが、お味はいかがですか？　ここでは、気を遣う必要はありません。誰も、人の話など聞いてはいない。この混み具合が、ちょうど好いんです」

食後、番茶を啜《すす》りながら、巌本は、一人語りを始めた。

「人は、誰でも伴侶を求める。独り身を貫くのは、なかなか難しい。……この二十七日の水曜日に、木村熊二先生が、ご再婚なさいます。式には、私も出席します」

嘉志子は、思いがけない話に驚いた。

「鐙子様のご主人でいらっしゃる木村様が？　奥様を亡くされて、まだ半年ですね。鐙子様の人生は、献身の人生でいらした。……一番は、熊二様に」

「先生は鐙子様を信頼するあまり、時に鐙子様に甘えていらした」

嘉志子は、畳みかける。

「巌本様は賛成なさっていらっしゃるのですか？　熊二先生の名誉にも、鐙子様の名誉にも傷がつくでしょう。生徒さんたちも混乱しませんか？」

「仰《おっしゃ》るとおりです。しかし、私は熊二先生の弟子ですから、先生を守ると覚悟を決めました。先生は、子供のような心をお持ちのお人です。束縛を好まない。一方で、真実を見抜く目をお持ちです」

「納得できません。私には、弱弱しいお姿しか思い浮かびません。……アメリカで、国費の支給が途絶えてもなお、困窮《こんきゅう》の中で道を拓《ひら》いたと聞くお人が」

「帰国直後、先生は熱いお気持ちをお持ちでした。相応の地位に就く道もありながら、育英伝道の道を選ばれた。しかし、やがてお気が萎《な》えて、先生の世界に籠《こも》ってしまわれた」

「なぜです？　逃せない宣教の盛んな時に。《明治女学校》を設立し、鐙子様が尽くしていらっしゃるのに」

「外国人宣教師が日本を理解しようとしないと、立腹なさった。一方で、日本人の外国文化を取り入れる態勢の浅薄《せんぱく》さを憂慮《ゆうりょ》なさった」

「実利《じつり》のみを重んじる姿勢ですね。しかし、着目するところを変えれば、見える景色も違います」

「ある時、先生は、『今の時代、日本人の基督教との関わり方も変わりつつある。ならば、自分のような仙人的伝道者が必要だ』、とも仰《おっしゃ》った。お酒も召し上がって……」

「熊二様をお諫《いさ》めなさる方は、いらっしゃらなかったのですか？」

「私は、何度も申し上げました。失礼な手紙も書きました」

「巌本様なれば書ける激烈な手紙でしたか？」

「『……然ルニ先生帰朝以来、果して何事ヲカ為し玉《たま》ひしや　……嗚呼《ああ》先生、何んぞ今早く豹変《ひょうへん》し玉ハ《は》ざる……』長い手紙の一部ですよ。忘れるものではありません」

嘉志子は、巌本の寂しそうな表情に、差し挟むべき感想を迷った。

（歯がゆくて、悔しくていらっしゃるに違いない。けれど超越《ちょうえつ》している？）

「英語に長《た》け、按手礼《あんしゅれい》を施《ほどこ》す資格をお持ちのお人が、どうしてでしょう？」

「いや。先生は世の中に打って出るお人ではありません。大演説も不得手です。しかし、私は、先生ほど、才能と学識ある基督者を知りません。先生のお立場は、聖霊《せいれい》のたすけと神の恩寵《おんちょう》を讃える福音《ふくいん》信仰と言うべきでしょう。……宗教的英雄ではありません」

巌本は、自身を納得させるかのように続けた。

「《明治女学校》を開設して下さった事実だけで十分です。『明治女学校設立趣意書』を書いて東京府知事に提出なさった。先生の時代への抵抗と、哲学の全てが込められている。趣意書の精神に則《のっと》って、私が行動します。先生がお疲れなら、あるいはお寂しいなら、ゆっくり鋭気を養って頂きたい。再婚も」

巌本は、一瞬を置いて、笑顔になった。

「いやあ、申し訳ない。貴女の話を伺いますよと言いながら、私の話を聞いて頂きました。

お疲れですね」

「いえ、人生の奥深さを学ばせて頂きました。巌本様のお気持ちも、少しばかり解りました。少しですよ。……ところで、熊二様の再婚のお相手は、どなたですか？」

「伊東華子さん。司式は海老名弾正氏です」

「海老名弾正様は、鐙子様の葬儀で説教なさった。……盛大なお式ですか？」

「いや、内々の式です。外部にも公表しないでしょう」

「せめて鐙子様の一周忌《しゅうき》、いや二周忌（※仏教に於いては三回忌）を終えてでしたら、私は賛成します。寄り添うお方がいらしたほうが」

「先生に当て塡《は》める訳ではありませんが。……今の日本では、妻を亡くした男性がすぐに再婚しても、公には非難されません。たとえ再婚を繰り返しても。さらに財力があれば、妾《めかけ》も持てるのです」

「心から賛成しては、いらっしゃらないのですね」

「いいえ。私は、ただ先生の安寧《あんねい》を祈ります。のみならず、《明治女学校》を引き継いで、繁栄させるだけです。鐙子様のためにも」

「校長先生は、どなたが？」

「替わらず、木村熊二先生です」

嘉志子は巌本を応援したいけれど、複雑な情勢の説明に、付いていけない。やっとの思いで言葉を捻《ひね》り出した。

「巌本様こそ、お体を大事になさって下さい」

第二章　姦淫《かんいん》の空気

(1)

別れしなに、巌本は、「お土産です」、と嘉志子に、『通信女学』第一巻をくれた。

発行されて日の浅い『女学雑誌』の別冊だ。

「フェリスに戻ったら、率直な感想を聞かせて下さい」

「分かりました。以前『女学雑誌』に宣伝《せんでん》が出ていましたね」

巌本は、にこやかに続ける。

「学校に通って正式の教育を受けられない人や、既に妻となり、母となっている人のために、日々の暮らしの中で学べる通信講義録を出したいと、かねてより考えていました。ようやく刊行の運びに」

「もう、購入者から称賛の手紙が届いているのでは？」

「反響は、まずまずです。今後、さらに良いものにしたい」

帰路、嘉志子は、『朋あり遠方より来る……』と、口ずさんだ。

(2)

巻頭の挨拶文を読んで、巌本の意図が、嘉志子には、よく解った。

女子生理、育児法に始まり、毎月一冊、巻を追うごとに、経済学や歴史まで学べる、とある。内容は実際に役立つもので、巌本の柔軟で鋭い、解説の言葉や用語も平易だ。

嘉志子は改めて、巌本の柔軟で鋭い、時代を見る目を想った。

以前、巌本は、嘉志子に語った。

「『女学雑誌』の読者は、男女を問わず、『女性の地位の向上を願うあらゆる人々』を相手にしたい」と。

若者から青壮年まで、男性読者も想定するとはと、驚いた記憶がある。

記事の選択は、さぞかし難しかったに違いない。

努力の甲斐《かい》があって、今日、多くの読者の支持があるのだろう。

巌本の狙《ねら》いの正しさを裏付ける事実、読者には相反《あいはん》する二つの層があると、嘉志子は常々《つねづね》感じていた。

一方に、女性の地位の向上に理解と意気込みを持つ、時代の先を行く男性。加えて、彼らに追随《ついずい》できる、少数の意識の高い女性の一群。

一方に、『女学雑誌』を読んで自身を啓発《けいはつ》し、向上を図りたいとする多数の一般女性。

……彼女たちは私の英詩を読めない。

巌本は、《明治女学校》の教頭であり、教育者だ。

『女学雑誌』の使命と経営の安定を熟慮《じゅくりょ》して、『通信女学』の発行を決めたのだろう。

記事の面白さに引き込まれて、気づけば夜が更《ふ》けていた。

巌本の熱意とは裏腹に、世間を見渡せば、新聞も含めて、鹿鳴館《ろくめいかん》の醜聞《しゅうぶん》に沸《わ》いている。

高貴な姫と、今を時めく権力者の一夜の逢瀬《おうせ》。力ずくで女性を襲ったとも。姫は危うく難を逃れたとも。

新たな醜聞が、次々と囁《ささや》かれる。

（本当だろうか？）

鹿鳴館だろうが、権力者の屋敷だろうが、庶民には関わりのない出来事だ。鹿鳴館の建設も、連夜の舞踏会《ぶとうかい》も、条約改正を目指した策《さく》の一つだったはずだ。

政治を行う者たちが、輿論《よろん》が、ひいては日本全体が病んでいるのだろう。

嘉志子は、ふと思った。

巌本は、この騒ぎを見過ごさないだろう。行動を起こすに違いない。

思い付きは、じきに確信へと変わった。

(3)

嘉志子の予想は的中した。

巌本は、五月二十一日（土）発行の『女学雑誌』六十五号に、二千七百八十一字からなる社説、『姦淫の空氣』を発表する。

街中で、鹿鳴館事件の醜聞を繰り返し聞かされた驚愕から筆を起こし、真偽《しんぎ》に問題があるにも拘わらず、風説を流布する大本《おおもと》は、今の日本の輿論《よろん》の危うさだと指摘した。

更に、風説を語る人間も、聞く人間も、多くが『恬《てん》として憂《うれ》ひざる（他人が恥ずかしいと感じる事にも、平然としている）』事態を、『日本國内《こくない》姦淫の空氣の充満《じゅうまん》したるを知る』、と嘆いた。

異《い》を唱えて立ち上がった欧米諸国の市民の例と対比して、『姦淫の空氣』が、吾国を滅ぼす可能性に及び、『上流紳士貴婦人諸君』には、今後、『その一言一行に清潔《せいけつ》の徳を示して、この姦惡《かんあく》なる社會を清くすることに盡力《じんりょく》あるべし』、と結んだ。

一気に読み終えると、嘉志子は爽快感に包まれた。

しかし、じきに不安が胸をよぎった。

（当局が黙っているだろうか？）

再度、記事を丁寧に読み直す。気になる点があった。

一番に、権力者、及び上流に位置する人々に突きつけた、攻撃の論理。

二番目に、巌本が挙げた、個々の具体例の際《きわ》どさについては、数え切れないほどだ。

例えば、『姦淫の空氣濃厚なるの地には海防の軍艦柵壁《さくへき》敢《あえ》て効奈《な》し　調練《ちょうれん》に熟達したる陸上の軍兵將卒《へいしょうそつ》敢て力奈《な》し』の文言《もんごん》に、言われた側は耐えられるだろうか？

立場や着目するところを変えれば、見方は全て逆になるだろう。

(4)

嘉志子は、不安な気分で日を過ごした。

(私の思い過ごしかもしれない。私が狼狽《うろた》えて、巌本様を煩《わずら》わせてはならない)

三日が経過した二十五日(水)、東京日日新聞の三面最下段に二行の記事が掲載された。

『女学雑誌』と項目を立て、『同雑誌は昨日、其の筋より発行停止を命ぜられたり』。

不安が的中したとはいえ、力が抜けた。

(何なの？　たった二行とは)

東京日日を責めるのではない。しかし、新聞社の意見は、ないのだろうか？　二行とせざるを得なかったのか？　読者から抗議が寄せられたら？

(いやいや、新聞条例で押さえつけられている新聞社には、抵抗の余地などないのだろう)

嘉志子の中に、『其の筋』なる当局への激しい怒りが湧いた。

(今度の日曜日に、差し入れを持って、巌本様を激励しよう)

(5)

嘉志子は、焼き菓子を手土産に、《女学雑誌社》を訪ねる。

列車が東京に近付くに連れ、嘉志子の気持ちは高揚《こうよう》した。

(巌本様が失策を犯すはずはない)

右手に離宮が遠望できると、終着の汐留停車場《ていしゃじょう》だ。

降り立って、嘉志子は深く息を吸い込んだ。

目の前には電信局修技校、電信局、第十五国立銀行が並び、背後には海軍兵学校、海軍倉庫が垣間見られる。更に奥には京橋(築地)警察署があると聞く。

幾度も降り立った停車場にも拘《かか》わらず、改めて目を見開き、武者震いをした。

(国家の威信を示している土地柄なのだ)

汐留川に架かる最初の橋、新橋を渡れば、《女学雑誌社》は、目と鼻の先だ。

嘉志子が来訪を告げると、巌本は奥から、にこにこした表情で現れた。

口を開くや、屈託なく話し掛ける。

「今日には、あなたがやって来るだろうと思っていましたよ。当たりましたね」

嘉志子は、手土産を差し出しつつ、息を整えた。

「停車場から走って来ました」

巌本は、「転ばなくてよかった」と軽い冗談も挟んで、いつものように、嘉志子に椅子を勧めてくれた。

新しく入った事務員と思える女性に、お茶を淹《い》れてくれるように頼むと、自身は一度、奥に引っ込んだ。

何だろう、ご迷惑だったのだろうか、嘉志子が、「お忙しいならお構いなく」と声を掛けようとした時、巌本は再び顔を現した。

「お待たせしました。面白いものを、お見せしたいと思って」

戻った巌本が広げて見せたのは、警視総監《けいしそうかん》名で出された、一篇の通達だった。

『明治二十年五月二十一日発行女学雑誌第六十五号は、治安を妨害するものと認め候条《そうろうじょう》、今より発行停止候旨《むね》、其の筋より達し之有《これあり》候に付き、此の旨相達し候事
　但し該号《がいごう》未配布の分は発売頒布《はんぷ》共差し止められ候事
　　明治二十年五月二十四日　　警視総監　子爵《ししゃく》　三島通庸《みしまみちつね》』

嘉志子は改めて驚く。

「それで二十五日の新聞に記事が載ったのですね」

「そうです。二十四日午前に、私に即刻出頭するよう召喚状《しょうかんじょう》が届いて、出頭しました。強引《ごういん》です」

「新聞を読んで、とても心配しました。……今も」

「嘉志子さん、今回の件について、ご心配には及びません。私も、《女学雑誌社》の社員も、執筆陣も、ますます意気盛んです」

「雑誌の売れ行きは？　未配布の分は云々《うんぬん》が気になります」

「大丈夫です。六十五号は発売と同時に、つまり当局が処分を下す以前に、完売です。おまけに、《女学雑誌社》には、賛同と激励の声が多数、寄せられています。痛快です」

「でも、……警視総監が言う『其の筋』って誰を指しますの？」

「まあ、よくは分かりませんが、気にする必要はありません」

「三島通庸の名前は、聞いた覚えが。目を付けられませんか？」

「覚悟の上です。しかし、みすみす付け込まれるようなへまは、しないつもりです。十分に、気を遣ってやります」

巌本は笑って続けた。

「私には、《明治女学校》に《女学雑誌社》と、守らなければならないものがあります。懸命に生きている市井《しせい》の人々も。負ける訳にはいきません。……三島は、仰るとおりに危険な人物です。福島事件も、加波山《かばさん》事件も、三島の筋書きでしょう」

嘉志子は、背筋が冷え冷えとした。

「自由民権運動を潰して、次は雑誌社を。巌本様に、居丈高《いたけだか》な憎しみをお持ちなのでしょう」

「三島通庸は、鹿鳴館のパーティを気に入っていると言われています。仮装にも凝る、と」

「警視総監という地位を得て、仮装に凝るとは。ますます危ない」

「『姦淫の空氣』は、三島の癇《かん》に障《さわ》ったのでしょう」

「ご自分の不行跡を直接攻撃されたと思われた。正鵠《せいこく》だったのではありませんか？」

「嘉志子さんも、大胆な推理をしますね。ところで『女学雑誌』の発行停止処分が出された二十四日は、三島通庸が子爵の爵位を拝受《はいじゅ》した当日なのです」

開いた口が塞《ふさ》がらないとは、まさしくこのことだ。

嘉志子は、素朴な疑問を表明する。

「巌本様は、平然としておられる。どこから、お力が生まれるのですか？」

「心配している暇がないのが実際です。この発行停止処分は、じきに解かれるだろうと踏んでもいます。あなたや、仲間を始めとして、輿論《よろん》の支持がありますから。解除に備えて、記事を書いておかなければなりません」

嘉志子は頷きつつも、窘《たしな》めずにはいられない。

「巌本様、くれぐれも、三島通庸を挑発なさってはいけませんよ」

巌本は、「ありがとう」と返してから、嘉志子には得心できぬ一言を呟《つぶや》いた。

「三島は、遠くない時期に、何か大きな問題を起こすに違いありません。三島は権力を誇《こ》示《じ》せずにはいられないのです。……その時には、我々は何であろうとも、平静に対処して、乗り越えるしかありません」

第三章　花野《はなの》

(1)

『女学雑誌』の発行停止処分は七月一日(金)を以て解かれ、直ちに七月九日に、『女学雑誌』六十六号が発行された。

嘉志子は、心から安堵する。

巻頭には、発行停止から解停への経緯《いきさつ》が、簡潔に書かれていた。解停の通達は、今回も、警視総監の三島通庸《みちつね》名だ。

(巌本様が仰《おっしゃ》った通り、当局は、解停を長くは続けられなかったに違いない)

六十六号の構成は、社説に始まり、論説、叢話《そうわ》と続き、そのほかにも盛り沢山だ。以前と変わらない華やかさに、巌本の意気組みが溢れていた。

「月の舎《や》しのぶ」の筆名で連載小説、『薔薇《しょうび》の香《かおり》』まで掲載されている。

(なんとまあ、達者なお人。小説の実作までなさるとは)

(2)

ウェリスは、夏季休暇に入っていた。

多くの生徒や教師は帰省し、学内は閑散《かんさん》としている。

豊ちゃんも身体の加減を崩して、休暇の始まりと同時に信州の実家に帰っていた。

フェリスの校地拡張と校舎新築の資金調達を兼ねて休暇帰米しているブース校長が、一年と三か月ぶりに横浜に帰任する日が近付いていた。

目標額を成就したと聞いている。

加えて、嘉志子に良い話があるらしい。

七月中旬の爽やかな朝、校長代行を務めたミス・M・リーラ・ウィンと嘉志子で、校長一行を出迎えた。

嘉志子は一番先に、ブース夫人と熱い抱擁《ほうよう》を交わした。

夫人は襟元に刺繍《ししゅう》を施したブラウス姿で、変わらぬ笑顔だ。

「嘉志、ただいま。あなたに会えて、やっと横浜に帰って来たのだと実感しました」

嘉志子は、夫人の優しい言葉に、なぜだか胸が熱くなった。

次に、新しく赴任したミス・アンナ・タムソンを紹介される。

やっと、ブース校長に向き合った。

「お帰りなさいませ。お待ちしていました。お元気そうですね」

ブース校長は、再会の挨拶もそこそこに、満面の笑みで、嘉志子に告げた。

「嘉志、良い話だよ。嘉志に給与として、紐育《にゅーよーく》のマディソン通りリフォームド（改革派）教会の婦人たちから、年間三百六十ドルを支給される見通しだ。……嘉志に全額支給する訳にはいかないが」

嘉志子は、思いがけない話に心底《しんそこ》驚いた。

「分かっておりますわ。……クリスチャン・ホームの女王であるご婦人たちが、家事の傍ら海外伝道のために、それも女性のために、ささやかに献金し、祈る。尊い援助を受けるのですね」

「栄誉でもある」

ブース校長は、いくらか体を反らせて威厳を示した。

「我がアメリカ改革派教会に、外国伝道局傘下の婦人外国伝道局が設置されたのは、一八七五年（明治八年）一月七日。フェリス・セミナリーの寄宿校舎が立ちあがる直前だ。以来、我が校には格別の支援を下さる」

ミス・M・リーラ・ウィンがにこやかに続ける。

「我が校名の由来でもあるアイザック・フェリス伝道局総主事は、古く日本ミッション（伝道団）の設立にも尽力なさったと聞いています」

「アメリカが日本と修好通商条約を結んだ頃になる。ブラウン、フルベッキ、シモンズ、その夫人たち。……少し遅れてキダー女史が日本ミッションのメンバーとして派遣された」

　ブース校長は、得意そうに話を続けた。

「帰米中、伝道局との校舎建築談議も、胸を張ってできた。ヘンリー・N・コブ総主事も理解して下さり、満額の予算が付いた。毎年、我が校が提出する報告書が高く評価されてきた結果だろう。もちろん、実践の裏付けがあってこそだが」

「そこへ嘉志の三百六十ドルが上乗せされました」

　ブース夫人が嬉しそうに付け足した。

　嘉志子は素朴な思いを口にする。

「それにつけても三百六十ドルとは！　日本円に換算すると、いくらになるんでしょう？」

　ブース校長は、淡々と答えた。

「七百二十円ぐらいかな。この額に、生徒からの校納金とアメリカの団体や個人からの奨学金を合わせると、外国人教師の給与分を除く全支出に見合う額だ」（※外国人教師の給与は伝道局から支給される）

「全支出とは、フェリスの全てを賄《まかな》う額ですね。電気代や全員の食事を用意するために、米や醤油・味噌、野菜などを調達する費用。そのほかにも学園生活に必要な諸々。日本人職員の給与分も含まれる。……素晴らしいです」

「全くその通りだ。経費も増えるが、入学生徒数の増加による校納金の増加はフェリスの経営を安定させる。嘉志の三百六十ドルも心強い。……私が帰国中も、入学冀望者が引きも切らなかったと聞いているよ。フェリスの評判も変わらず上々のようだ。皆さんの尽力のおかげだ」

「やっと、私の出番のようです」

ミス・M・リーラ・ウィンの言葉に、一同で笑った。

「お手紙で報告しました件は省きましょう。幾つかの、乗り越えた困難に付きましても。今、申し上げる件は、ただ一つ。校舎の増築です。整備されるならば、今後は、現在の二倍の生徒を受け入れることができると断言しましょう」

「頼もしい言葉だ。私も、全力を尽くす覚悟で帰ってきた。組織の検討、カリキュラムの改善、新校舎の建築準備。やるべきことが山ほどある。まずは、隣地の購買から始める。それから、井戸を掘る」

嘉志子は再度、驚いた。

「山手の丘のてっぺんから、谷まで井戸を掘るのですか?」

「そうだ。深い井戸をね。アメリカ滞在中に、何人かの専門家に相談してみた。できるそうだ。風車で汲み上げる」

「農村の水車は見慣れていますが、風車は、この辺りでは見かけません」

嘉志子は、去年の夏を思い出した。暑さが厳しい上に、水不足で、おまけにコレラが蔓《まん》延《えん》した。井戸を掘って、谷の水を風車で汲み上げられたら、どんなに安心だろう。

「新式の技術を使うのだ。風車については、紐育の教会本部から、材料を取り寄せる。羽根式で方向舵《ほうこうだ》の付いた風車だ。……丘に吹く風が羽根を回す」

ブース校長は豪快に笑った。

「風車は、フェリスの目印として、きっと、山下町からも、海上を進む船からも見えるでしょうね」

ブース校長の指揮の下、フェリスは更に進化するのだろう。秋から始まる新しい生活に、嘉志子の胸は躍った。

(3)

巌本善治が『女学雑誌』六十六号に執筆した二稿の社説の中で、『外國人が設立する女學校及び日本の紳士富限者《ぶげんしゃ》』と題した長文の社説が、世間の評判を呼んでいた。

巌本は、冒頭の一文を、『外國の方々が我日本に來《きた》りて學校を設立せらる丶《る》もの甚だ多し』と、書き始める。

続けて、『其本國《そのほんこく》に於《おい》て取集めたる莫大の金銀を持來《もちきた》り、之《これ》を惜氣《おしげ》もなく遣拂《つかいはら》ひて、我日本國の子弟を教育し、之をして眞正《しんせい》の人物に養成せんとする、親切至極《しごく》の誠より出づるものなり』と。

しかし、多くの日本人が、この外国人の心情を理解していない現状を嘆いた。

巌本は、本国からの莫大な金《かね》の内訳も詳細に書いた。
十二、三歳の少女が、貰い受けた一羽の牝鶏《めんどり》を飼育して、卵を売った金。主婦が料理の味を落としてまで、バターや砂糖や塩を節約したり、髪油《かみあぶら》を節約したりするなどして貯めた金。寡婦《かふ》が貯めた一、二銭の銅貨。

豊かな貴夫人が、生計をことさらに切り詰めて、年に一、二度、寄付する大金。

立場は違っても、すべては、教会に所属する女性たちの、涙ぐましい努力の賜物《たまもの》なのだ。

嘉志子は、自分が三百六十ドルの援助を受ける事情もあり、胸が熱くなる。

社説の後半は、外国人が設立した女学校へ子女を通わせる、上流の紳士及び富限者に対する警告だ。

まず、贅沢な身なりで、人力車や馬車で通学する生徒が多い現状を指摘した。

次いで、親子ともども、態度を正すよう求めた。

親は相応の授業料を払い、子には学校の精神に報いるよう教えよ、と。

さらに、世の紳士富限者にして女子教育に志ある者は、進んで私立の女学校を設立せよ、とも。

巻末の一文は、巌本の《明治女学校》へ寄せる決意そのものだ。

『吾人は日夜思いの茲《ここ》に至る毎《ごと》に、常に奮起して止まざるものなり』

ふと、嘉志子は《明治女学校》の今後が心配になった。

生徒からの校納金だけで、学校を安定して経営することは難しいはずだ。まして、校舎の新築は、あまりに無謀に思える。何か好い手立てはないのだろうか？

④

気づいた時には、嘉志子は東京行きの列車の中にいた。

海側の座席に座り、風に吹かれて車窓に目をやる。対岸に霞む房総半島を眺めると、気持ちも落ち着いた。

やがて列車は多摩川を渡って東京に入った。

幾つかの浜では、小舟が引き上げられている。傍らで、立ち働く漁師の姿も見えた。寄せる波は穏やかで、音も立てない。

七歳で故郷の会津を離れ、横浜へ移り住んだ頃が思い出された。

横浜の織物商《山城屋》の番頭の、大川甚兵衛《じんべえ》の養女になっていた。

実子のいない養父母は、嘉志子に世話係の下女まで付けた。

さらに、養父は嘉志子を、《フェリス・セミナリー》設立前の、「キダーさんの学校」へ入れた。

養母は、毎朝、嘉志子を飾り立て、下女を付けて「キダーさんの学校」へ通わせた。

（ビロードの襟《えり》を付けていた記憶があるような…。学校にまで行かせてくれたのに……）

嘉志子は、養父母の愛情に全て畔逆《はんぎゃく》で応え、学校でも熱心に学びはしなかった。

（感謝を知らず、我儘だった。巌本様の言うように、今時の上流の子女の中には、あのころの私に似ている人もいるに違いない）

汐留の停車場《ていしゃじょう》が近づいている。

嘉志子は、改めて今日、東京へやって来た理由を自問する。

答えは明らかだ。

巌本の、にこやかな笑顔が浮かんだ。

（私は、巌本様のお立場やお気持ちを、今より少しでも深く察して、寄り添いたい）

⑸

嘉志子は、《女学雑誌社》に着くと、訪問の理由を搔い摘んで話した。《明治女学校》の今後が心配になったとは言えない。

巌本は、いつも通りに元気だ。

「夏季休暇中でもあり、私も少し時間が、できました。《明治女学校》の新しい校地を見に行きませんか？　ご案内しますよ」

嘉志子は、途端に元気を回復した気分になった。

「是非に。とても興味がありますわ」

二台の俥が呼ばれ、車夫は、麴町区飯田町三丁目を目指して走り出した。

靖国神社を北に見て、広大な宮城の濠《ほり》に沿って走る。桜田門を過ぎれば、辺りに目ぼしい目印は何もない。

俥は、ひたすら千鳥ヶ淵を目指して走った。走り切れば九段坂に突き当たる。坂を少し右手に下ると、田安門が見えてきた。

「お客さん、深く座っていて下さい」

車夫は嘉志子に声を掛けると、濠を背に急坂を駆け上がった。

「着きました」

手を引かれて降り立てば、そこには明るい土地が広がっていた。既に校舎の建築工事も始まっている。

車夫は巌本と何か話すと、少し離れた木陰に腰を下ろした。

巌本は、「帰りも乗せてもらいたいと頼みました」と言ってから、嘉志子に尋ねる。

「どうですか？　この土地は、緩やかな台地の上に位置します。登ってきた坂とは反対の方向に少し下って、外濠を越えれば神楽坂。この辺りだけが、言うなれば、てっぺんの平地です」

「弓町も、反対の方角の台地の上でしたね」

「まあ、少し距離はありますが」

「東京は、台地と谷が織りなす地形のようにも感じられます。……この土地は、気品が感じられて、すてきです。気持ちが晴れ晴れしますわ。広さはどのくらいですか？」

「全体で五百六十九坪です。建物は、西洋造の二階建に日本造の平屋。合わせて二百七十一坪。《女学雑誌社》に戻ったら、東京府に出した図面の写しを、お見せしましょうか？」

嘉志子は頷いてから、率直な思いを述べる。

「東京の一等地と言える高台に、《明治女学校》創立二年目にして、なんという見事さでしょう。巌本様の伎倆《ぎりょう》の賜物ですね」

巌本は相好《そうこう》を崩《くず》した。

「嘉志子さんに褒めてもらうと、私も嬉しい。校舎が落成の暁《あかつき》には、寄宿生八十名を募集します」

嘉志子は、八十名という数字を聞いて、密かに憂える。

（私が今日、巌本様を訪ねたのは、この壮大な計画を恐れる気持ちが、どこかにあったからです）

ぶしつけと思いながら、尋ねた。

「この土地は、どのようにして手に入れたのですか?」

「旧松本藩士の小松彰氏からの借地です。……田口卯吉《うきち》氏のご尽力を受けました。《明治女学校》設立以来の念願だった自前の新校舎、寄宿寮を建築して、真の女子教育を実践する決意です」

「高額の資金も、必要ですね」

巌本は、意に介す風も見せない。

「実のところ、生徒募集と同時に、校資募集もしています。……心配は要りません。今年度から、大隈重信《おおくましげのぶ》氏も年に百円の寄付をして下さる」

「知っていますわ。評判ですもの。でも、大勢の、継続した寄付が必要ですね。……フェリスには、海外伝道局という大きな基盤がありまして。外国人の先生方の給与を始め、これから始まる用地買収費や新校舎の建設費などについては、別会計での支援もあります」

　巌本は、生徒に説明するかのように話した。

「嘉志子さん、心配のし過ぎですよ。《明治女学校》には、新しい時代の女子教育に期待する、熱烈な支援者が多くいるのです」

　巌本は、一息ついて、説明を続けた。

「設立時の話をしましょう。趣意書に署名した我が校の関係者はもちろん、地方の豪農、豪商、網元のような有力者が、多額の寄付をしてくれました。《明治女学校》を信じて、娘たちを託してもくれたのです。一方で、名もない市民の一円まで。……今回も同様です」

　嘉志子は、静かに頷いた。

（もう心配するのは止めよう。巌本様が、これほどに力を注いでいる《明治女学校》が、繁栄しないはずはない）

　嘉志子は明るい声で尋ねる。

「ところで、ここから、千鳥ヶ淵や宮城の森が見えまして？」

　巌本も、嘉志子の思いがけない質問に、弾んだ声で応えた。

「少し坂を下れば、見えますすよ。そこまで歩いて、俥に乗せてもらいましょう」

(6)

九月に入ると、嘉志子は新学期の準備に忙しい毎日を過ごした。

そんな初旬のある日、嘉志子はブース校長に呼ばれた。

「何かご用ですか?」

「嘉志に頼みたい要件があってね」

ブース校長は、封筒を机上に置いた。

封筒から、一枚の書類を取り出して、嘉志子に手渡す。

「ニューヨーク州のヴァッサー・カレッジからの依頼なんだ。世界各国の女性の現状を調査する計画が立てられて、日本の情勢も報告してほしい、と」

「新しい時代の到来を見据えた調査でしょうか? 大学名に聞き覚えがありますが。……ああ、確か、大山捨松様がご卒業なさった」

「その通りだ。ミセス・大山は、留学当時は、山川捨松と言ったが。……東部を代表する女子大学だよ。協力したいと思う。引き受けてはくれまいか?」

「大役過ぎますわ。大山捨松様のご奮闘は私ども会津の人間にとっては、大きな誇りです。大学も精良な成績で卒業なさり、卒業式では総代のお一人とか。その大学に提出するからには、いい加減な報告書は提出できません」

嘉志子は熱心に言葉を繋いだ。

（言い過ぎてしまったかしら）

一息つくと、まだ重要な案件を忘れていた。

「……信頼できる統計資料が手に入るでしょうか？　それに、この国では、誰も女性の自立と言う概念など持ってはいません」

「そこが問題の根幹だと思う。この作業は言葉の問題も含めて、嘉志より他には、できる人はいないよ。統計資料の収集《しゅうしゅう》は、私が責任を以て引き受けよう」

「期限は、いつですか？」

「原稿を十一月末までに仕上げてもらえると、ありがたい。アメリカ宛てに郵送して、年内には届けたい」

嘉志子は引き受けざるを得なかった。

（巌本様なら断りませんね。私も、フェリスのために致します）

⑺

巌本善治は、七月九日発売の『女学雑誌』六十六号以来、毎号に欠かさず、『薔薇の香』を連載している。

『家族の愛』、『読書の愛』に始まり、毎回「愛」を重ねてきた。

嘉志子は、内実に納得しながらも、実際は、読み飛ばしてきた。

しかし、九月三日発売の七十四号、連載第八回『校内のうわさ』を読んで、考え込んだ。

物語は一気に立ち上がり、登場人物は既に、動き始めていた。

気鋭の女権論者として活動する主人公の青山哲《あおやまてつ》は二十五歳。周囲の勧めもあり、結婚を考えている。

理想の妻は、世間や他の活動家たちにも誇れる聡明な女性だ。

しかし、青山は、時代の先を行く新しい思想を持ちながら、気鬱《きうつ》な面もあった。

青山の前に現れたのは、対照的な二人の女性、勉強家だが心に屈託のある白河光《しらかわみつ》と、華やかで奔放《ほんぽう》な波羅香《はらこう》だ。

（主人公の青山哲は巌本様を、青山哲の朋友、白河光《しらかわみつ》は、私をモデルにしていらっしゃる）

物語の、舞台条件は、さすがだ。

（少し、似せすぎ。読者が実際の出来事と思い違いしないかしら）

嘉志子は、読み進むに連れ、どうしても、物語中の人物、白河光と自分を重ねてしまう。

作品中で、青山哲と波羅香の仲は親密の度を増し、とうとう婚約も間近と思われた。

《女学雑誌社》を初めて訪問してから、二年近い月日が過ぎようとしている。

振り返れば、多く、嘉志子が押しかけていた。

（巌本様は、結婚の対象には、外に仕事を持たない、ホームの女王に相応《ふさわ》しい人を望まれる？　いや、理屈を言わない容姿の優れた人を……）

嘉志子は頭《かぶり》を振った。

連載の続きを早く読みたいと強く思った。

⑻

秋は、嘉志子が書かずにはいられない多くの出来事を内に孕《はら》みつつも、粛々《しゅくしゅく》と過ぎた。

多くの出来事が巌本を中心にして流布した。

九月の上旬には、麹町区飯田町三丁目において、春から取り掛かっていた《明治女学校》の校舎と寄宿寮が新築落成した。

十一月五日、待ちかねた献堂式が、盛大に行われた。

献堂式には、校長の木村熊二も出席した。

嘉志子は間近に熊二を見、心から安堵する。

（私は、先生が、『明治女学校設立趣意書』をお書きになったことを存じ上げていますよ）

十一月十二日発行の『女学雑誌』八十四号は、《明治女学校》の献堂式を伝えた。

生徒代表の祝辞を載せ、『貴女の友』の賛詞を掲載した。

『麹町区飯田町三丁目九段坂上右側に、宏壮輪換《こうそうりんかん》空に聳《そび》え、巍巍《ぎぎ》として輝くは、是なん、今度、新築功を奏したる明治女学校の校舎にして……』

(9)

十一月の末には、『木村鐙子小伝』が、『女学叢書《そうしょ》第一巻』として刊行された。十一月十二日発行の『女学雑誌』八十四号には、最終喧伝が載った。

『巌本善治編　木村鐙子小伝　一冊十銭　郵税六銭
右は明治女学校生徒の為に編著したるものなれども成るべく広く公衆の覧に供せんことを希望するがゆえに前記の代価を以て世人の需に応ずべし
勝安房伯、外山正一、島田三郎三氏が鐙子に付て考ふる所を記されたるものを附せり
東京都京橋区日吉町八番地　女学雑誌社』

夏の前から、鐙子の一周忌に向けて、たびたび紹介されてきた小冊子だ。『女学雑誌』誌上には、様々な人物が『序』を寄せた。

七月末の六十九号には、勝安房伯、適堂学人《てきどうがくじん》が、八月末の七十三号には、『戸山正一君手紙』が、九月初旬の七十五号には、『島田三郎誌』が。

嘉志子は、さっそく『木村鐙子小伝』を調達し、一気に読んだ。

内容は、前年、鐙子の葬儀の直後に『女学雑誌』第三十四、三十五、三十七号に掲載された「木村とう子の伝」一、二、三と大きく変わってはいない、と感じた。

しかし、再度、嘉志子は深く感動した。

鐙子の生涯が、巌本なればこその、感情のこもった、華やかな筆法で描き出されている。

鐙子に対する傾倒の純粋さに、圧倒された。

(巌本様にとって、鐙子様は、久遠《くおん》のお人に違いありません)

嘉志子は確信する。巌本善治は、今後どんな困難が待ち受けていようとも、行動する教頭として、《明治女学校》の経営に、全力を注ぐであろう。

(鐙子様に続く献身の人生……)

誰か手助けしてくれる人は、いないのか。共に前面に立って行動するお人だ。

木村熊二校長がいらっしゃる……。献堂式にお出で下さった。

嘉志子は、混乱した。

なぜか『木村鐙子小伝』に、熊二の存在は薄い。巌本が熊二の塾生であった事実も、熊二の奮励の賜物である《明治女学校》創設の記事も削られている。

そもそも六十九号に『序』を載せた適堂学人とは誰なのか?

最終広告には名前がなく、この『木村鐙子小伝』本体の冒頭には、勝安房や島田三郎と並んで適堂学人の『序』は載せられている。

嘉志子は、適堂学人の『序』を再度、読んでみる。

小文の巻末に近く、鐙子を例えた一文があった。

『白梅の雪に包まれて其の香《におい》 愈《いよいよ》ゆかしく青柳《あおやぎ》の風に揉《も》まれて其の枝折るる事なき風趣《ふうじゅ》あるかの婦人の貞操苦節は明治女流の師表《しひょう》たるに足《た》りぬべし』

熊二に違いない。妻の鐙子への愛が溢れていた。

どうして熊二とも、夫とも名乗らないのか。誰も知らない雅号を使うなんて責任放棄だ。認めた巌本も同罪だ。嘉志子は腹立たしい。

振り返れば、どうして熊二は校長の肩書だけを残して、《明治女学校》を離れたのか？

巌本が四月末、嘉志子に語った、『《明治女学校》を開設して下さった事実だけで十分です』の言葉を反芻《はんすう》してみた。

嘉志子には、解らない。

（熊二様が今なお鐙子様を愛していらっしゃるならば、なぜ、鐙子様の死後、あのように早く、華子様と再婚なさったのでしょうか？）

嘉志子の胸の中で謎は深まるばかりだ。

第四章　小春日和

(1)

中心に巌本善治がいるから、嘉志子は、《明治女学校》の今後が気になる。巌本善治が執筆しているから、嘉志子は、『薔薇《しょうび》の香《かおり》』の流れが気になる。

『薔薇の香』の続きが発表される度に、嘉志子の心は大きく揺れた。

(2)

自らの意思で身を引いたにもかかわらず、白河光はじきに、芝《しば》が浜《はま》海岸にある山内家の別邸で寝込んでしまう。

どこにも悪い所はないとは医者の見立てだ。

実際、薬はいくら飲んでも効かなかった。白河光は日に日に痩せて、気力も衰えるばかりだ。

青山哲は深く悩んだ。

『……吾輩が彼《か》れと約束して一家を保つでセウ、すると吾輩の性質と彼《あ》の人の気質とテムペラメントが能《よ》く合うかどうかと云ふことだテ、どうも僕は成程あの人とは非常に仲の好ひ朋友《ほうゆう》です……朋友《ほうゆう》として交《まじ》わるから善いのであって共にホーム（家《いえ》）を持つに適當《てきとう》すると云ふところの性質では奈ひと知ってるデス、だからウイ、シャル、子《ね》バーマーリー（吾輩等は到底婚姻しますまい）と云ふ看板を懸けて初めから交際する譯で……然るに今ま此の病気と云ふ新らしひ事情の為に此の明白な真理を破って契約する……』

医者は、青山哲に一つの助言を与えた。

『ただ一の工夫は之に大奈《おおいな》る励ましを與へて精神を引き立て気象《きしょう》を喚起《よびおこ》して自身《しじん》でどうしても直《なお》ら奈《な》ければならんと云ふよふにさせる斗《ばか》りだ』と。

青山哲は手紙で妹、栄《えい》に決意を伝え、白河光にエンゲージ（婚縁を結ぶ）を申し入れた。

白河光とのエンゲージ成立の後、青山は波羅香に会い、事情を説明する。

波羅香は感情を爆発させた。

『白河さんとお約束を。……ほほほ、白河さんと』

③

嘉志子は、思う。『薔薇の香』には、恋愛に対する巌本善治の誠意と本心が込められている、と。

仕事に情念を傾ける人であればこそ、家庭では心底、寛《くつろ》ぎたい。明るい気立ての妻との穏やかな暮らしを望むのは、男性として当たり前だろう。

波羅香のような、美しく情念に溢れる妻との共寝の心地よさは、どれほどか……。

(4)

十一月、嘉志子は、《明治女学校》の献堂式に出席したものの、平日の夜は、自室で報告書の作成に傾倒していた。ヴァッサー・カレッジからの依頼に応えた報告書だ。

提出期限も迫っていた。

およそ三千語からなる英文の報告書。題名は『日本に於ける女性の現状』とし、『女子教育』と『自立の手段』の二部構成とした。

秋の初めに、ブース校長から依頼を受けた時には、気が進まなかった。

しかし、作業を進めると、のめり込んだ。

手に入った統計資料と、自分が日頃から感じている思いを土台にしようと決意した。

実際、女性の現状を文章に纏めるたびに、怒りが湧き起こった。情けなかった。自身の幸運が身に沁みた。

(私が問題提起しないで、どなたが)

嘉志子は冒頭の表現に、さりげない無念を込めた。

『私が手に入れられた統計資料は、三年前の一八八四年（明治十七年）のもので、その後のものは、まだ集計されていません』

美しく、誤解の生まれない英文も肝に銘じた。

『第一部女子教育』

『日本では、息子たちに高い教育を受けさせる必要性と重要性を、早くから認めていた。しかし近年になって、娘たちにも普通教育以上の教育を授けるのは有益だと考えられるようになった。この変化を齎《もたら》したものは何か。総じて、西洋文明の知識が国民性に驚愕《きょうがく》を与え、女子教育にも強い影響を及ぼしたと言える。……上層部におけるこの社会現象は、古い日本の因習と制約にも拘わらず、社会全体に影響せずにはいられない』

一つの文章を纏めると、嘉志子は眼鏡を外して、肩を揉んだ。

豊ちゃんは、秋が深まっても帰ってこない。

一人部屋の静けさが、寂しさを募らせる。

ブース校長夫人が、コーヒーを淹れて下さる。

「嘉志、コーヒーと焼き菓子はいかが？　私たちがお願いしたとはいえ、あなたは根を詰めすぎますよ。少しお休みなさい」

嘉志子は、少しばかり意識して笑顔を浮かべた。

「ご心配には及びませんわ。私を覚醒させ、おまけに勇気までくれる作業は、そうありませんもの。日本に於ける女性の教育環境は、想像していた以上に悪いものでした」

ブース夫人は、慈愛に満ちた表情で頷いた。

『……第二に、日本の新聞が最近、「婦人問題」を取り上げるようになった。これは近々四年間のことで、「婦人問題」は流行にさえなった。女子教育、女の能力、地位、殊に女性解放のための批判や、服従についての論説が相次いだ』

『第三に、近代国家の対外政策としても、婦人問題が唱導される』

『女子教育の再興は、以上のように、社会上層部に発して、インテリ層に支持される。けれども、まだ下層階級に浸透するには、至っていない。したがって、一八八四年に百一万三千八百五十一名と見積もられた少女の就学数は、以後も、さして増えていない』

嘉志子は深い疲れを感じていた。しかし、止める訳にはいかない。

もう少しだけ、もう少しで完成するのだと、自らを鼓舞《こぶ》する。

(体が疲れているだけです。精神上の悩みなど、ありはしません。恵まれた生活ですもの)

巌本を想った。会いに行く時間の余裕は、全くない。

『少女たちは六歳になると公立の小学校に入学する。しかし、彼女たちの多くが十三歳になると、学校を離れる。家事や結婚に備えて家の中に留め置かれる。そうでなければ、貧しい家庭では、年季奉公や小間使い、下女に出される。こうして、少女たちの就学の機会は奪われる』

(賛成はできない。でも、六歳で入学できる少女は、恵まれていると言えるかもしれない。十三歳まで学べる少女は更に……)

『数少ない少女たちは、様々な上級の学校で学ぶ。だが、国立大学は、女性の入学を認めてはいない……』

嘉志子は、原稿を推敲しつつ、考える。

事実報告だけでは、私の仕事の意味はない。私は、翻訳機械ではない。

(5)

『第二部自立の手段』

『日本では、江戸時代にはあったのに、明治の世には、法律上、女性に財産権がない。女性は一身に、いかなる経済的保障もない。上流社会においてだけ、結婚の時に、嫁入り道具や持参金を与えられるが。女たちは、結婚だけが正当な落ち着き先であると、教え諭されてきた。夫を主権者とする家庭を唯一の拠り所とし、拒絶するなど思いもよらなかった』

嘉志子は改めて確信する。

女性が目覚めなければ、真の自立はないのだ、と。女性の職業は、自立の手段として捉えなければならないのだ、と。

嘉志子は、女性の職業を細かく挙げていく。

『茶道、生け花、小唄、舞などの師匠。産婆、裁縫、洗濯、髪結いといった従来の仕事は、貧弱な収入しか得られず、概《おおむ》ね名誉ある職業とは捉えられていない……』

『最近、幾つかの専門職が女性に開かれた。その筆頭は学校の先生である。一八八四年の統計によると、男性教員九万七九三一人に対して女性教員は五〇一一人を数える』

『特に英語の教師が求められている。ミッション・スクールの卒業生は、需要に応えて、東京の一流校に就職している。もちろん、女子教員は増えつつあるが、教師を生涯の仕事として取り組む人は、わずかに数名か、そこらあるに過ぎない』

別の資料を得た。なんと、江戸中期から明治初期に掛けて、女師匠の寺子屋や手習所があった。

江戸（東京）では、全体の一割を超えていた。女師匠の年齢は、二十代から五十代が大半を占め、その四割が、七年から十年くらいの修行を積んでいた。父親や息子の名ではなく、自ら名乗り、当然ながら、寺子の多くは少女だ。

嘉志子は、深く眠ることができなくなった。

夜更けに、一人、布団の中で思う。

（教師を生涯の職業と考えない女子教員に習う生徒は、気の毒です）

機会に恵まれているのに、女性は、どうして職業を継続できないのだろうか？　維新と言いながら、なんという退化だろう。仕組まれているに違いない。

そう指弾する私は、こんなに疲れてしまった。これからやっていけるだろうか？

結婚さえもしていないのに。

いや、やり遂げなければ、世良田に申し訳が立たない。

（6）

『薔薇の香』は十七回の連載を以て完結していた。

白河光は、青山哲とのエンゲージによって奇跡的に回復した。しかし、回復して平常心を取り戻すや、自らエンゲージの破棄を申し入れる。青山は受け入れざるを得なかった。

青山が気鬱に沈んでいると、ほどなく白河光は急逝する。

嘉志子は、『薔薇の香』の流れに寂しさを感じた。

（誰もが幸せになるようには書けなかったのだろうか？）

わが身に置き換えてみた。

白河光が亡くなったからには、巌本からエンゲージを求められる日は、きっと、来ないだろう。

気づけば、紅葉の季節はとっくに過ぎて、校庭の木々は葉を落としていた。フェリスには、初冬の気配が満ちていた。

報告書をアメリカ宛てに発送したら、少し休まなければと、嘉志子は考えていた。

（無理を重ね過ぎてしまった……）

明け方の寒さに目覚めた朝、嘉志子は一滴《ひとしずく》、喀血した。

第三部　岸田俊子（湘烟《しょうえん》女史）の小説

第一章　冬薔薇《ふゆしょうび》

(1)

校医の安井は、診察の後、嘉志子に、自室での一週間の静養を命じた。

「心配し過ぎないように。この秋の過労が原因でしょう。来週からは、授業に復帰して構いません」

あまりにも呆気ない診断に嘉志子は当惑する。

「生徒に移しませんか？　来週には、治っているのでしょうか？」

安井は柔和な笑顔を浮かべた。

「結核菌は毒性が必ずしも強いとは言えません。多くの人は、吸い込んでも、免疫の力でねじ伏せてしまいます」

安井は、更に言葉を継いだ。

「すぐ発病する訳でもありません。……たとえ発病しても、排菌《はいきん》していなければ、人には移しません。一週間、安息を保って、経過を観察しましょう」

嘉志子は内心ほっとした。

「静養中の心構えを、お教え下さいますか？」

「心穏やかに過ごして下さい。……読書に根《こん》を詰《つ》めたり、手紙を書いたり、考え事は感心しませんね」

忠告は、正鵠《せいこく》だった。

症状は初期だという診断は嬉しい。

嘉志子は、自分で自分を慰めて、勇気付けた。

（ともかく、この一週間は無理をしない。巌本様にも手紙を書かない）

(2)

一週間後、嘉志子の微かな望みは、あっけなく潰《つい》えた。

教壇に立つや、瞬時に嘉志子はすべてを悟った。

大きな声で範読をしたつもりだった。だが、実際は細々とした声しか出てはいなかった。

直後に、足元がふらつき出した。力が入らず、立っていられない。

気づけば、教卓に手を突き、肩で呼吸する自分を受け入れざるを得なかった。

「皆さん、すみませんが、自習なさって下さい」

精一杯の発言だった。

次の瞬間、嘉志子は、眩暈《めまい》を感じて教壇に崩れ込んだ。

「先生！」「嘉志子先生」

前方の生徒数人が、駆け寄った。

「安井先生を呼んで！」

教室内は、騒然とした。

しかし、嘉志子の耳には、全てが遠いざわめきに聞こえた。

やがて嘉志子は、生徒の膝枕の暖かさに包まれて、気を失った。

(3)

初冬の日が傾いている。

(どこかしら？)

「目覚めの気分は、どうですか？」

校医の安井が覗き込んだ。

思わず、嘉志子は、毛布に顔を隠した。

動悸が鎮まるのを待って、そっと尋ねる。

「安井先生。私は……」

安井は、嘉志子の脈を取ってから、静かに答えた。

「授業中に貧血の発作を起こしたようですね。体力が、だいぶ落ちている」

「……吐血するなど、生徒に直接の迷惑を掛けてはいませんか？」

「大丈夫ですよ。先日もお話ししましたが、嘉志子さん、あなたは結核を発病はしましたが、初期です。体力の低下が発病を齎《もたら》したと、私は考えます。貧血も、その大きな要因です」

その時、看護婦の千代さんが安井に声を掛けた。

「ブース校長がお見えになりました」

「お通しして」

しかし、千代さんは、ブース校長に、しばしの待命《たいめい》を依頼した。

「嘉志子さん、ベッドの上に体を起こしてみますか？」

「でも、なんだか恥ずかしい。鏡と櫛を貸して頂けますか」

「分かっていますよ」

千代さんは、さりげなく機敏に動いた。

まず、背中を支えて嘉志子をベッドに座らせた。次に、鏡を嘉志子に持たせると、髪をさっと整えた。さらに、手編みの肩掛けまで掛けてくれた。

「嘉志、失礼するよ。気分はどうですか？」

ブース校長は、いつもと変わらない穏やかな表情だ。長身を曲げるように、ベッドの傍らの椅子に腰掛けた。

「ご心配をお掛けしました」

嘉志子は、ブース校長を懐かしい思いで迎えた。

「無理をさせてしまった。申し訳なく思っている」

嘉志子は、すぐ分かった。ブース校長の声の響きが、いつもとは違っている。

(どんなにか、ご心配下さった。……今も)

ブース校長の言葉を聞くや、涙が溢れてきた。

「私の力不足で、ご期待に添えず、情けないです」

「大丈夫だ。私たちに任せて欲しい」

ブース校長は、大きな腕で、嘉志子を包んでくれた。

「実は、先週から安井先生と相談して来た。今週、嘉志が教室に出て不調を感じるようなら、実行に移そう、と」

嘉志子が、疑問の眼差しを向けると、ブース校長は話し始めた。

「熱海に、友人の別邸がある。熱海は温泉も湧き、横浜より温暖だ。嘉志、春が来るまで熱海で静養しなさい」

嘉志子は、言葉を遮《さえぎ》った。

「結核を発症したからには、私は、もう教室に出る勇気はありません。今日のような不始末を重ねる訳にも。何といっても、若い生徒たちに移せません。……高給を頂きながら」

ブース校長は、一歩も譲らない。少しばかり語気を強めた。

「それは心得違いだ。春までに治せばよい。判断は、その時でよい。嘉志、あなたは、私の、同時に、フェリスの大切な娘だ。娘が不調であるからと、見放す親など、ありえない」

「私は、フェリスの娘を辞めたいのです。父の許へ帰らせて下さい」

「何？　どんな将来があるのだ。嘉志は頑固娘だ」

ブース校長は、今度は諭すように続ける。

「頑固娘でよろしい。心配は要らない。……友人の了解を得て、留守番役の老夫婦にも、既に世話をお願いしてある。出発は五日後と考えているが、嘉志の身体の加減を見てとしよう。下働きの重《しげ》さんに送って貰う。受け入れてくれるね」

「お断りする理由など、ありはしません。元気になりたい……」

嘉志子は、そこまで訴えると、もう言葉にならない。剳《しゃく》り上げるばかりだ。

千代さんは、嘉志子の背中を摩《さす》り続けた。

ブース校長は、部屋を出る直前に、安井と目を合わせて微笑んだ。

「妹さんには、出発前に来てくれるように、今日、電報を打った」

「ありがとうございます。話も、頼みたい物もありますから」

「もうお一人、嘉志が会いたいであろうお人にも。来てくれるに違いない」

誰かしらと思いながら、嘉志子は、落ち着きを取り戻した。

④

翌々日、その人は、あたふたとやって来た。

お見舞いの客人が来訪したとの連絡を受け、嘉志子は応接室へ急いだ。面会室ではなく、応接室とは、ブース校長の配慮だ。

（どなたかしら？　キダー先生？）

キダー先生なら、校長室でお話できるのでは？　あるいは、私の部屋へ突然やって来て、驚かせたかもしれない。

妹からは、明日との連絡を受けている。

（私が会いたい人……）

閃く思いがあった。嘉志子は足を速めて、応接室へ飛び込んだ。

午後の日差しを取りこんだ明るい応接室のソファに、心配そうな表情の巌本が、一人で座っていた。

嘉志子がドアを開けると、時をおかずに巌本は立ちあがり、一方的に、早口で話した。

「嘉志子さん、遅くなりました。……もう熱海に出発なさってしまわれたのではと、気が気ではなかった。ちょっと急用ができまして」

嘉志子の胸の中に、嬉しいような、恥ずかしいような、言葉にできない思いがこみあげた。

「巌本様。ブース校長が、私に内緒で連絡をして下さったとは、今の今まで気づきませんでした。気が利きませんね。……出発前にお目にかかれて、とても嬉しいです」

二人で同時に名前を呼んで、駆け寄った。

「走ってはいけません。さあ座って」

巌本は、笑顔で、嘉志子が椅子に座る手助けをしてくれた。

「連絡を受けた時は驚きました。今、あなたの笑顔を拝見して安堵しています」

「自分が情けなくて、悔しいです。私は、ヴァッサー・カレッジへの報告書に主張しました。日本では女性の教育も職業上の自立も十分ではないと。私は、先頭に立って働きたいと考えるようになりました。それなのに」

巌本は、真剣に頷きつつ聴いている。

「そんな風に卑下してはいけません。働き方も色々あるでしょう。あなたは、何事にも誠実に対処なさった。完璧を目指し過ぎる点が、欠点と言えば欠点ですよ」

嘉志子は、一瞬、躊躇《ちゅうちょ》して俯いた。

(忘れていました。巌本様の好意に甘えてはいけないのです)

「お忙しいのに、お越し頂いて。……私は、もう、巌本様のお役には立てません。この先は、ご迷惑を掛けるばかりでしょう」

「一向に構いません。ですから、今日、こうして、お邪魔しているのです」

嘉志子は、意識して語気を強めた。

「私は、結核を発症した患者ですよ」

「今しがた、ブース校長からも、校医の安井先生からも、お話を聞きました。熱海での静養は、きっと病状を回復へと導くに違いありません」

沈黙が二人を包んだ。

嘉志子は巌本の優しさに感激する一方で、混乱もする。

(私を愛しているから、お越し下さったのですね)

校庭で生徒たちの燥《はしゃ》ぐ声も聞こえてくる。

部屋のガラス戸越しに、花壇の冬薔薇が目に入った。風に吹かれて薄桃色に咲く様は、嘉志子に、巌本の小説、『薔薇の香』を思い出させた。

嘉志子は素直になれない。

「私、白河光のようですね。巌本様は青山哲。熱海で奇蹟が起きようと、やがて現実の生活に戻れば、きっと……」

嘉志子は、視線を落とした。涙が一滴、零《こぼ》れた。

その時、巌本は、毅然《きぜん》と言葉を発した。

「その先は、禁句です。私は巌本善治であり、青山哲ではありません」

「あまりに小説の舞台設定が似ていますわ。おまけに、私は病を得ました」

「嘉志子さん、私は、あなたの健康の回復のために、犠牲を払うつもりは全くありません。……小説の世界は、小説の中でだけ成立しているに過ぎません」

「ごめんなさい。私は、きっと、美しく健康な波羅香に嫉妬《しっと》しているのです」

「大丈夫、分かっていますよ」

　嘉志子は呟く。

「この次は、負けない白河光を書いて下さい」

　巌本は、冷めたお茶を飲みほすと、笑顔を浮かべた。

「いささか弱気な嘉志子さんは、まさしく気鬱な白河光ですね」

「それでも、交際を継続して頂けますか？」

「もちろんです。申し上げておきますが、私は、生来《せいらい》、気鬱ではありません。今日の、ちょっと拗ねた嘉志子さんは、お心を開いて下さったと感じました。自然で、可愛らしい」

「私を、子供扱いなさって。元気になりましたら、許しませんわ」

　嘉志子は、ただただ嬉しかった。

　校医の安井が顔を出した。

　嘉志子と巌本を交互に見つめて、にこやかに声を掛けた。

「そろそろ、お疲れではないかな？　お部屋でお休みなさい」

　巌本も立ち上がる。

「長居をしてしまいました。熱海に着いたら葉書を一枚下さい」

「必ず書きます。毎日でも。お傍にいる気持ちになれますもの」

「お疲れになるといけません。一週間に葉書一枚です。それ以上届いたら、お返しします。

私は二日に一枚、葉書を書きましょう。それから……」

巌本は言葉を濁した。

「何でも仰って下さい。私は大丈夫ですから」

「じきに、勅諭が出されるでしょう。新聞発表されるはずです。騒動になります」

「巌本様に直接の影響が及ぶ内容ですか？」

「《女学雑誌社》は、勅諭に反対の論陣を張らない訳には行きません。……でも、心配は無用です」

巌本は、強く、嘉志子の手を握った。

嘉志子も、決意を込めた。

「熱海では静養に努めて、必ず元気になって戻って来ます」

(5)

十二月中旬の早朝、横浜を発つ。

ブース校長夫妻、親しい同僚らの見送りを得て、フェリスを二台の俥で出発した。嘉志子の希望で、生徒たちは立ち会わない。

フェリスの下働きの草柳重郎《くさやなぎしげろう》さん（通称：重さん）が付き添ってくれる。

重さんは、フェリスの困りごとなら何でも引き受ける。普段は庭仕事に忙しい。

まず、山手の丘を下って、横浜駅を目指す。

横浜から、国府津《こうづ》まで汽車旅だ。

嘉志子は、この旅を楽しもうと決めていた。

「重さん、私、初めてです。汽車で西に旅するのは。転地《てんち》とはいえ、なんだか嬉しい」

「私もですよ。乗る機会がありませんから。今日は、ちょっとした旅ということで」

列車は車窓に、ぽつりぽつりと小高い丘を見ながら、平地を選ぶように進む。

嘉志子は、車窓から目を離せない。

大船を過ぎれば、湧く雲に、海の気配がした。

汽車は、ひた走る。

藤沢を過ぎると、進行方向右手には、どこまでも冬枯れの水田が広がっていた。

左手の海側には、何もない。平坦な土地が広がっているばかりだ。ただ、苫屋《とまや》と呼ぶのだろう、粗末な家が点在し、遠くに海が見えた。

大磯を過ぎて、嘉志子が、ふと右手後方を振り向けば、低い山が過ぎてゆく。その背後には山脈らしき姿が見えた。

重さんが、にこやかに教えてくれた。

「丹沢山地ですよ。春の頃に山歩きをしたら、山桜も見事です」

「重さんは、こちらのご出身でしたね。山手の丘陵とは、ずいぶんと違いますね」

やがて、汽車は低い山と海岸に挟まれるように走る。葉を落とした雑木林の小山だ。

所々に竹林の緑が目立つ。左手には松林が見えてきた。

いよいよ海が近い！

直後に、車窓に大きく海が広がった。

「重さん、海ですわ！」

気づけば、終着駅、国府津だ。

「嘉志子さん、降りますよ。荷物を持って下さい」

重さんは、嘉志子の大きなトランクを持って、嘉志子を振り返りつつ先を行く。

嘉志子は気持ちばかり、足を速めた。

駅前には、列車の到着に合わせて、乗合馬車が待っていた。

「ここまで来れば、一安心です。嘉志子さん、急がなくても大丈夫ですよ。出発には少し時間がありますから。小田原では、一休みします」

重さんは、今回の熱海行きについて、入念な下調べをしてくれた。

馬車は、総勢六人の客を乗せて、定刻に出発した。

じきに、小田原の背後に広がる山岳地帯が見えてきた。山道を分け入れば、箱根に通じるのだろう。

馬車は酒匂川《さかわがわ》を渡り、宿場町の小田原に到着した。

予約をしておいた旅籠《はたご》で、一休みする。足を伸ばして、お茶を飲み、軽い食事をとった。

この先は、俥で、山越えを含めて五時間近い行程になる。

重さんは、嘉志子を気遣う。

「嘉志子さん、真鶴《まなづる》までの山道が堪《こら》えどころです。もし、ご気分が悪くなったら、言って下さい。止めて貰える場所もあるでしょう」

旅籠の前には、俥が二台、二人を待っていた。

車夫は、嘉志子の心配をよそに、海沿いの松林を軽やかに走り出した。

しかし、早川《はやかわ》を渡ると右手に、一気に山が迫って来た。

車夫はその山中に、息をも吐かずに分け入る。断崖《だんがい》の上を巡る山道へと、急な峠道を駆け上がった。

途端に橙《だいだい》の鮮やかな色が、嘉志子の目に飛び込んだ。微かに甘い香りがする。

嘉志子の予想を裏切って、山の上の林は寒山とは見えず、所々に紅葉の名残も美しい。

嘉志子は、しっかりと景色を目に焼き付けようと、目を見開く。

断崖の縁《へり》には、山茶花《さざんか》の花が咲いていた。その向こうには、大海原《おおうなばら》がどこまでも広がっている。霞んでいるとはいえ、房総半島も大島も見える。

（怖くなどありません。なんと、この世界は美しさに満ちているのでしょう）

⑹

列車と乗合馬車、俥と乗り継いで、午後遅く、熱海に到着した。

海岸から、そう遠くはない小高い丘の上に、目指す家はあった。

富農《ふのう》の隠居所であったと聞く屋敷は、こぢんまりとしているものの、風格があった。

今は、横浜に店を構える親族の別邸となっていた。

屋敷を預かっている五十代の夫婦が、にこやかに迎えてくれた。

がっしりとした体形の男性は「小松秀次《ひでつぐ》」と名乗ってから、丁寧な挨拶をしてくれる。

「ようこそお越し下さった。熱海は温暖の地。ゆっくりと静養なされば、身体の加減もじきに回復なさいますよ」

小柄な女性は、奥さんの「大石常《つね》」さん。

「ご不調の中、長旅を果たされ、お疲れでしょう。お使い頂く部屋に、お布団を敷いてありますから、少しお休みください。それから、夕食にしましょう」

⑦

嘉志子は一時間ほど微睡《まどろ》んだ。

目覚めて、囲炉裏の切られた板敷の部屋に行くと、重さんは、秀次さんと杯を交わしていた。

重さんは、今夜、熱海に泊まり、明日、フェリスに帰る予定だ。

「嘉志子さん、ご気分はいかがですか?」

「掻巻《かいまき》が暖かくて、ぐっすりと寝込んでしまいました。疲れもとれました。……重さん、ご機嫌ですね」

「温泉にも入って来ましたよ。公共の湯が、ここから遠くない所に。熱海は、好い所ですなあ」

秀次さんも、にこにこしている。

「七年ほど前に、熱海街道が修繕されて、東京からの客人も増えました。湯治客ばかりでなく、新政府の元勲《げんくん》や高官と呼ばれるお方も。なにやら、難しい会談をしているらしい」

「なるほど。今後、熱海は、ますます繁栄しますな」

常さんの心尽くしの料理が並んだ。

鯵《あじ》の刺身。葱《ねぎ》、大根、人参、牛蒡《ごぼう》、蒟蒻《こんにゃく》と野菜がたくさん入った粗汁《あらじる》。里芋の煮っ転がし。麦御飯。

嘉志子も着席する。

四人で囲炉裏を囲んだ。

「お口に合うと好いのですが。ここの持ち主である旦那様から、嘉志子お嬢様にたくさん食べて頂くようにと、お達しが……」

常さんは、言葉にして、相好《そうこう》を崩した。

嘉志子も、思わず笑ってしまった。

「お心遣い有難うございます。お料理は、どれも美味しいです」

「毎日、同じような献立ですが、お魚はお好きですか？」

「横浜に来て、新鮮な海魚が好きになりました。私の故郷は山の中ですから、ごく稀に、ご馳走の鯉を食べた記憶が。……よく覚えてはおりませんが」

秀次さんが、口を挟んだ。

「お国はどちらですか？　いや、どうも失礼な質問を致しました」

嘉志子は一瞬の間を置いて答える。

「今となっては、胸の中にだけある故郷です。……私の故郷は、会津です」

秀次さんは、感激した面持ちで即座に反応した。

「私は、この地で生まれ育ちました。東照神君様は、関ケ原合戦の三年後には熱海を訪れなさったと聞いております。大猷院《だいゆういん》（家光）様も別荘をお建てになりました。以来、徳川家と熱海は深い関係であり続けました。御領《ごりょう》でもあり、この土地の人間は、皆、徳川贔《び》屓《き》です。会津とは、お労《いたわ》しい」

嘉志子は、返答に困った。

「ご縁があって、今は、横浜のミッション・スクールで幸せに暮らしています。時々、不思議な巡り合わせだな、と」

秀次さんは頷きつつ、熱海村の説明を続けた。

「我が旦那様も、横浜の商いがうまく行ったようで、本家を凌《しの》ぐ羽振りの良さです。時代も変わりました」

重さんが、思い出したとばかり、秀次さんに尋ねた。

「今日、温泉に浸かっていました時に、聞いた話です。近々、天皇家の御用邸が、建設されるそうですね」

秀次さんは、豪快に笑った。

「十年ほど前の話です。土佐ご出身の岩崎様が、大猷院様以来の徳川家御殿《ごてん》をお買い上げになりました。村民の誰もが、心から驚かされたものです。岩崎様はじきに、その土地を宮内省へ献上なさった」

「その土地に御用邸を？」

「その通りです」

重さんは、納得したとばかりに、言葉を足した。

「先ほど伺った、新政府の元勲や高官の話にも繋がりますな」

⑧

翌朝、重さんは、「春になったら、お迎えに上がりますよ」の言葉を残して、横浜に帰って行った。

途端に寂しさが募《つの》った。

秀次さんも、「帰りに、お望みの新聞を買って来ましょう」と、仕事に出かけた。

嘉志子は、出かける秀次さんに頭を下げた。

「雑誌社を運営する東京の友人が、誌上で、世事を論評します。繋がっていたいので、私も新聞が気になります」

秀次さんは、村人から頼まれれば、何でも器用にこなすらしい。いつもは、常さんと二人で屋敷周りの畑仕事に精を出す。

前年に、名前を「毎日新聞」と改題した「東京横浜毎日新聞」が、一日遅れで手に入ると、常さんから聞いた。

常さんが慰めてくれる。

「今日は一日ゆっくりなさいませ。風もないので、お庭でお茶を召し上がるのも、よろしいかと」

庭から、海と湯宿の町並みが一望できる。

「湯煙が上がって。初めて見る景色です。……惹《ひ》きつけられます」

「午後には、畑先生と仰るお医者様が往診して下さいます。お許しが出たら、湯宿へご案内しますよ」

四十代と見える医師は、午後のお茶の時間にやって来た。

診察が終わると、常さんが出したお茶を三人で飲んだ。

「あなたの病状は、安井先生から丁寧《ていねい》な手紙を貰って承知しています。まず、ゆっくりと暮らして体力を回復する。……常さんの料理で、貧血を治して下さい」

改めて、嘉志子も、常さんも、ほっとした。

「お布団は敷いておいたほうが、好いですか？」

今度は常さんが尋ねた。

「当面は。午前、午後と一時間ずつ安静を保ちます。横になっての読書は、いけません。その時間以外なら、まあ、一時間ぐらい認めましょう」

「手持無沙汰《てもちぶさた》です。何をしたら好いのでしょう？」

「庭に出ても好いし、常さんの料理の手伝いは、どうですか？」

「実は、料理は不得手でして」

「それでは、囲炉裏に掛けたお鍋の番なら、できるでしょう」

三人で、どっと笑った。

帰りがけに、畑先生は、思いがけない話をした。

「私は、親父の後を継ぐために、東京から戻ったばかりです。……『女学雑誌』で、あなたの文章を読んだ記憶があります。フェリスの皆さんが、あなたを思う気持ちが、私なりに解るつもりです」

畑先生は、にこやかに続けた。

「私は一週間に一度、診察に来ます。あなたが、私の所へ診察と治療を受けに来られるようになれば、横浜に帰る日も近いと考えて下さい」

秀次さんが買って来てくれた新聞に目を通す。嘉志子が気になる勅諭に関する記事は見当たらなかった。

⑼

夕食時、新聞をそっと秀次さんの脇に置いた。

「秀次さん、お先に読ませて頂きました。よろしかったら、どうぞお読みください」

翌日午後、巌本から嘉志子宛に葉書が届いた。

『無事にお着きのことと思います。熱海は、温暖にして、山の眺めも、海の眺めも美しい土地と聞いています。嘉志子さんのご健康の回復に、よい効果を齎《もたら》すと信じます。退屈しているなら、『女学雑誌』をお届けしましょう。ただ、読書に疲れてはいけません。

善治』

嘉志子は、ただ嬉しい。

(相変わらず、兄だか、先生だかの立ち位置からのお言葉！　早速お返事を出さなければ)

見れば昨日の消印だ。東京で出せば翌日には熱海に配達される、郵便の新制度にも驚かされる。

(熱海は特別な地域なのかしら？)

返事は、二日後にやって来るであろう配達人に託そうと決めた。

『お葉書ありがとうございました。無事に熱海に着きました。

お世話をして下さる小松秀次・大石常ご夫妻のお人柄と、お心遣いに心休まる毎日です。一週間に一度、往診して下さる畑先生にも。安井先生が、書面で、私の病状をお伝え下さったと聞きました。改めて、ブース校長のご配慮に感謝しています。お手紙で励まして下さる巌本様にも。

屋敷の庭先から、海と源泉の噴き上がる様を見て、飽きません。でも、『女学雑誌』は、お送りください。新聞は読んでいますが、活字も人も恋しいです。年の瀬も近い中、穏やかな世情に安堵しています。

嘉志』

第二章　曙《しょ》光《こう》

（1）

熱海に滞在して穏やかな十日が過ぎた。歳の瀬も近い。

秀次さんと常さんは、新しい年を迎える準備に余念がない。

秀次さんは屋敷の入口に門松を、玄関には注連飾《しめかざ》りを設えた。

常さんは食積《くいつみ》の準備に忙しい。

嘉志子は味見役だ。「美味しいです」を連発している。

中でも、餅搗《もちつ》きは楽しかった。

前日には、常さんは小豆《あずき》を煮て餡《あん》を作り、黄粉《きなこ》も準備した。

当日は、庭に設えた即席の竈《かまど》で、常さんが糯米《もちごめ》を蒸す。臼《うす》と杵《きね》も運び出された。

「準備が調うまで、お部屋においでなさい。風に長く当たってはいけませんよ」

秀次さんの配慮ではあるが、嘉志子は子供のように庭を撥《は》ねた。

秀次さんが杵を振り下ろし、常さんが返す。何の変哲もない餅搗きだが、嘉志子は心から感動した。

長年連れ添った夫妻の息は絶妙で、幸福を絵に描いた姿だ。

(2)

午後のお茶が済むと、常さんは夕食の支度に取り掛かる。

嘉志子は一人で庭に出た。秀次さんが帰って来る時間だ。

この日（二十八日）、秀次さんは、心なしか丘を駆け上がって来たように、嘉志子には見えた。

「危うく買い損ねるところでした。東京で、何かあったようです。嘉志子お嬢さんが気に懸けていらした件ではありませんか？」

嘉志子は、どきりとした。

「そうかもしれません」

二人で、囲炉裏の傍に座って、二十七日付の新聞を広げた。

一面上段の「官令」の文字が飛び込んだ。

『朕惟フニ今ノ時ニ當リ太政ノ進路ヲ開通シ臣民ノ幸福ヲ保護スル為ニ妨害ヲ除去シ安寧ヲ維持スルノ必要ヲ認メ茲ニ左ノ條例ヲ裁可シテ之ヲ公布セシム
　御名御璽
　　明治二十年十二月二十五日

内閣總理大臣　伯爵　伊藤博文
内務大臣　　　伯爵　山縣有朋
司法大臣　　　伯爵　山田顯義』

御名御璽《ぎょめいぎょじ》の響きの、なんと重いことか。

嘉志子は震えながら、最初に挙げられている「勅令第六十七號保安條例」を読んだ。

秀次さんが、嘉志子の表情を見守っている。

「良くないお達しなのですね」

嘉志子は、やっとの思いで頷く。

「恐ろしい條例です。政府に盾突くと見なされた人たちは、皇居から三里以内の地に居住することが、許されません。最高で三年もの長い間。公布と同時に施行されるとあります」

「お知り合いのお方《かた》が含まれますか？」

「まだ、名前が載せられていませんから、分かりません。でも、きっと、大丈夫です。巌本様から心配しないようにと聞かされていますから。直に葉書が来るでしょう」

「明日も、下まで行ってみましょう。続報が届くでしょうから。心配し過ぎては、お体に障《さわ》りますよ」

嘉志子には、秀次さんの言葉が頼もしい。

暮れの二十九日なのに、秀次さんは、新聞が届く時間を見計らって、買いに出かけてくれた。

秀次さんの予想どおり、二十八日付新聞の三面上段に、「保安條例第四條の實施」と題した記事は、あった。

『……警視廳《けいしちょう》にては一昨日午後五時頃ゟ《より》保安條例第四條の項に基づき四五百名に退去を命じたるよし（尚《な》ほおひおひに命ぜらる、《る》者凡《およ》そ二千五六百名ある見込み奈《な》りと）尤《もっと》も旅宿等に在《あ》る人々は概《おおむ》ね昨日當地を送り出され又自宅を構へ居る人々は概ね三十一日までに出發《しゅっぱつ》の猶豫《ゆうよ》を與《あた》へられ出發までは巡査附添《つきそ》ひ居るとの事《こと》なり』

載せられた退去者名に、知り合いは、いなかった。けれど、嘉志子は許せない。記事の叙述が詳しい分《ぶん》、昨日に増して怒りが込み上げた。

（一週間の猶予もなく、家を畳《たた》んで、どこへ行けと命じるのだ）

涙が零《こぼ》れそうになった。

秀次さんも憤慨《ふんがい》してくれた。

常さんは背中を抱いてくれた。暖かかった。

嘉志子は思い直す。

（私が平常心《びょうじょうしん》を失って、身体の加減を崩してはならない。秀次さんも、常さんも、悲しませてしまう。畑先生をも……）

嘉志子は大きく呼吸をして、悲しみを懸命に堪《こら》えた。

そこへ、郵便配達人が小包を届けにやってきた。

嘉志子は部屋に飛び込む。

④

小包の中には、『女学雑誌』九十号と、この秋に刊行されて評判の、中島湘烟《しょうえん》の著作『善悪の岐《ふたみち》』。嘉志子は、まだ通しで読んでいない。封書も同封されていた。

一番に、『女学雑誌』の目次に、さっと目を通した。

十二月二十四日発行とは言え、今年の最終号だ。おまけに、勅令は、二十五日に、予想通りに発令された。原稿執筆の頃、巖本は、手抜かりなく身構えていたに違いない。

構成に変化は見られない。

「社説」の題名は、『明治二十年を送る』。

巖本が文壇に登場した明治十七年以降の、女権女学伸張の歩みを纏め、来年への決意を語っていた。

嘉志子は、ある違和を感じた。

（内容を、いつもと変えてはいない？　これで良いのかしら？）

次に、思いついた。

(このようにしか書けなかったのではないか)

思いは確信になった。

嘉志子は、夢中で封書の封を切った。

『お加減はいかがですか？　当方は、相変わらずの毎日です。

さて、予想通りに、勅令が出ましたね。『女学雑誌』は、反対の論戦を張る予定でしたが、観念せざるを得ません。勅令なる言葉の重さと、我々の予想を超えた対象者の膨大さ故です。周到に計画された権力の側の力の誇示に、正面から立ち向かう危険度を考えると、決断できませんでした。

しかし、嘉志子さん、ご心配には及びません。私たちは負けません。方針を変えて、できうる限り、退去を命ぜられた人々の支援に当たる所存です。その方々に相応しい形で。

例えば、明治学院理事、中島信行《のぶゆき》氏と夫人の湘烟女史。信行氏はフェリスともご縁の深い方ですね。湘烟女史も、よくご存知でしょう。ご夫妻ともども、既に横浜に近い某所に住居を定めたと聞いています。新天地で、ご夫妻は、一層の奮闘をなさるでしょう。《女学雑誌社》は、夫妻に、発言の場を提供します。

ところで、湘烟女史の、『善悪の岐《ふたみち》』をお読みになりましたか？『女学雑誌』に、七月から八月にかけて、三回に亘って連載されましたが中絶。十一月に、《女学雑誌社》は落成版を刊行しました。

嘉志子さんに贈ります。

作品は、エドワード・ブルワー・リットンによる『ユージン・アラム』の原作から、筋書きを借りた翻案《ほんあん》小説の範疇《はんちゅう》に入ります。しかし、随所に湘烟女史の感性が光っています。役者の造形は見事で、舞台を須磨に置き換えた作品の流れも自然です。原案があるとは、とても思えません。主人公の幸福を願う読者の期待は、残念ながら、結末で大きく裏切られます。しかし、小説の面白さで読者を魅入らせる、時代を拓く作品です。

嘉志子さんも、小説を書きたくなるかもしれませんね。

嘉志子さんがフェリスに戻られたら、湘烟女史に、お引き合わせをしましょう。湘烟女史は、どこに情念を隠していらっしゃるのかと思わせるほどに華奢《きゃしゃ》で、蒲柳《ほりゅう》の質。蒲柳の言葉のとおりに、この上もない美人です。お二人は、よく似ていらっしゃる。きっと気が合いますよ。

お健やかに良い年をお迎えください。　善治』

嘉志子は得心する。

嘉志子は『善悪の岐』を持って、囲炉裏の傍へ戻った。

(5)

明治二十一年が明けた。

秀次さん、常さんと一緒に、空際に昇る初日の出を拝んだ。

暗闇の中、寒さが少しばかり気になるが、風もない朝だ。

やがて、日の出とともに、辺りは一気に光が満ちて、暖かささえも感じられる。

嘉志子は頭《こうべ》を垂れて、健康の回復を心から祈った。

（主の憐みにより、春が来たら、元気に横浜に帰して下さい）

「我々百姓は、初日とともに年神様が現れると信じて、新しい年の豊作や幸せを祈ります」

秀次さんが嘉志子に話しかけた。

（秀次さんは、いつでも私の役に立ちたいと考えて下さる）

すると常さんが、にこやかに秀次さんを制止した。

「お二人様、お話の続きは囲炉裏の傍でなさいまし。体が冷えてしまいますよ」

(6)

三人で、それぞれの役目を果たす。

秀次さんは神棚を整える。朝一番に井戸から汲み上げた若水《わかみず》、塩、米を供えた。

常さんは若水で炊いた雑煮の鍋を温め、嘉志子は囲炉裏で餅を焼いた。

囲炉裏の傍には、お正月用の一人膳が三人分据えられ、膳には、箸、取り皿と並んでいる。

お重と屠蘇器も運ばれた。

「明けましておめでとうございます」

三人で、改めて新年の挨拶を交わした。

竈の脇には鏡餅が供えられている。上に飾った橙の朱色が鮮やかだ。

一番に、お屠蘇《とそ》を飲む。

邪気を払い、不老長寿を得る薬酒と言われている。けれど、お酒だから、嘉志子は一舐《ひとなめ》に留めた。

次に、お重の蓋を開ける。

一の重には、紅白蒲鉾、田作り、黒豆、昆布巻き。二の重には、鰤《ぶり》の照り焼き、紅白なます。三の重には、たっぷりの煮しめ。

煮物は艶やかで、全体の彩も見事だ。

元旦に、三人で囲む食積。贅沢とは言えないが、どの料理にも、秀次さんと常さんの心が籠っている。

「さあさあ、お召し上がりください」

常さんに言われて、嘉志子は取り箸で、一番先に紅白蒲鉾を皿に取った。

「……この、ぷりぷりとした食味。何という美味しさでしょう。初めてです」

秀次さんも屠蘇をお酒に変えて、蒲鉾を食べている。

「蒲鉾は小田原の名産品。相模湾の新鮮な魚と、清澄な湧き水が揃って作れるのです」

嘉志子も賑やかに相槌を打つ。

「東照神君様へ献上すべく、熱海にも運ばれたのですね。今は、私の口の中に……」

そうこうするうちに、雑煮が運ばれた。

鰹節の出汁が利いた味噌雑煮。鶏肉と大根、青菜に、嘉志子が焼いた角餅が入っている。

「お出汁《だし》が利いて、美味しいです。……お餅も」

「土地土地で、お雑煮の中身はずいぶん違うようです。でも、私は、これ一つしか知りません。……お口に合えば良かった」

それから常さんは、そっと言葉を足した。

「嘉志子お嬢様を迎えて、久しぶりに、賑やかで楽しいお正月になりました」

（なんという有難さでしょう！　私は結核を患っていますのに）

⑺

一月一日発行の新聞を、一日遅れで二日に読む。

一面中段の雑報欄に、『退去人中の基督教徒』と題して、『白金《しろがね》明治学院総理、中島信行氏』とあった。

（まあ。理事と書くべきところを、総理とは）

二面には、『横浜の東京立退人《たちのきにん》』と題した記事もあった。

宿屋名と宿泊者数を書き、さらに『東京より護送されし者二名』などと。嘉志子は「護送」という言葉遣いが悔しい。

更には、中島氏の、守られなければならない新しい住所まで載せられている。

ただ、退去者名の中に、湘烟女史の名前がない事実に安堵した。

新聞一面の最下段には、「広告・恭賀新年」と題して、新聞社主、島田三郎氏以下、新聞社に関わる著名人と思われる人たちの名前が並んでいる。

三面以降は、賑やかな絵図入りの、商店と商品の宣伝と、著名人の新年の挨拶で埋められていた。

世の中は、穏やかに明けたのだろう。

(8)

そうこうするうちに、一月も半ばを過ぎた。

暖かい囲炉裏の傍らで、嘉志子は、『善悪の岐』を一日に一時間と限って読んでいる。

湯呑を手に、しばし物思いに耽る。

『善悪の岐』こそ、明治の世に生まれた、女性の手になる小説の嚆矢《こうし》に違いない。

いや小説だけではない。女史の生き様そのものが、新しい時代の生き方を模索する女たちを導く。生き方の輝かしい手本として。

それにつけても、女史の経歴は、世人の想像を超えている。

古着商を営む両親は、幼い娘の教育に力を注いだと聞く。女史は寺子屋で『四書五経』を学び、小学校へ上がると、頼山陽の『日本外史』、ミルの『自由之理』、福沢諭吉の『学問のすゝめ』、『西洋事情』など、つぎつぎと読破した。

東京遷都で寂《さび》れた京都は、小中学校の設立に力を注ぎ、人材を育てることに未来の冀望を託していた。明治四年、京都府主催の学力検査で俊秀の賞を取った女史は、官費で中学へ入学する。平民の出身で、女子であろうとも、誇り高く文明開化の教育を受けた。

明治初年の京都という土地柄も、女史を育てたのだろう。

やがて十九歳で宮中に出仕し、皇后に漢学を講義なさった。二年で退出《たいしゅつ》すると、母親と諸国を巡る旅に出る。

（詩文、書をよくなさり、後に竹香なる雅号を持つ母上も、夫君と別れ、生涯に亘って女史を援助なさった。それほどに女史の才能を信じていたのでしょう。……父上も）

やがて、女史は土佐で自由民権運動に出会い、「天賦人権論《てんぷじんけんろん》」の虜《とりこ》になった。

刺激を受けた女史は、言葉による表現を以て、生きる道を選ぶ。

『函入娘』に代表される、自由民権家としての演説が始まりだ。

（この頃、後に夫となる自由党の副総理、中島信行氏との出会いもありました。氏と理念を共有する「自由結婚」として、評判でした）

その後、『同胞姉妹に告ぐ』などの評論の執筆を経て、小説へ。

小説の執筆は、女史の人生の歩みの中で、出会うべくして出会ったものに違いない。しかし、全てではないのかもしれない。

これからも、女史は軽やかに、理想を実現させていくのだろう。

行きつく先は、きっと、女史にも分からないのだ。

⑨

「お茶の時間ですよ。今日のお勉強は、ここまでですよ」

秀次さんも加わって、三人で、お茶を飲んだ。秀次さんが、嘉志子の手元を覗き込んで、尋ねる。

「そのご本は面白そうですね」

嘉志子は即答した。

「はい、とても面白いです。主人公は、人を殺《あや》めた過去を持ち、世を忍ぶ、撫松庵《ぶしょうあん》という男性です。主人公を始めとして、登場する人物の性格や、纏《まと》う人生が、皆、固有でして。場面も次々に動いて行き、はらはらと息をも吐かせません」

「筋書きが面白いのですね」

「先が読めない面白さ。でも、突拍子もない物語ではありません。同時に、主人公と、主人公を慕う可憐な女性、琴路《ことじ》との恋の行方も気になります。……とにかく撫松庵が美男《びなん》で恰好《かっこう》が好い」

嘉志子は、撫松庵が短銃を構える様を真似て、常さんと秀次さんを笑わせた。

常さんが、全く感心する表情で、会話に加わった。

「三〜四年ほど前の夏でした。湘烟女史は、まだ結婚前と聞きましたが、今のご主人と熱海に滞在なさいました。湯宿の並ぶ通りや、海岸で、お二人の仲睦まじいお姿を見かけたと、噂になりましたよ」

嘉志子は、心底、驚いた。

常さんは、澄まして言葉を続けた。

「多才な湘烟女史は、小説までもお書きなさる。ところで、読みやすさはどうですか？秀次さんに読んでもらいたいものです」

秀次さんが、どれどれとばかりに『善悪の岐』を手にする。

「湘烟女史の作にして、漢文訓読体とは。雅《みやび》なる和文かと思いました。……私にも読めそうですよ」

「宮中でも、皇后様に漢学をご進講なさり、『孟子《もうし》』のご講義は、ことのほか優れていらっしゃったと聞きます。『文選《もんぜん》』を始め、漢文がお得意のようです」

そこへ、郵便配達人がやって来た。

届けられた『女学雑誌』九十二号には、なんと湘烟女史の七言律詩《しちごんりっし》が「寄書」として載せられていた。

夫君と別れて暮らす女史の愁いが、切ないばかりに嘉志子の胸に迫った。
嘉志子は、常さんと秀次さんに請われて、読んで差し上げる。

『舊時月照舊時扉　旧時の月　照らす　旧時の扉を
獨有春風心事違　独り有り春風　心事　違ふこと
不解夢魂新律法　解せず夢魂　新律法
宵々笑我待君歸　宵々笑ふ我の君の帰るを待つを
無奈君家君到難　奈《いか》にせむ君が家　君　到ること難きを
庭前花柳共誰看　庭前の花柳　誰とか共に看む
莫言今歳春尤暖　言ふ莫《なか》れ　今歳　春　尤《もっと》も暖しと
獨有愁人不耐寒』　独り有り愁人　寒きに耐へざること

(女史は、命を懸けて夫君を愛していらっしゃる……)
常さんも秀次さんも、同じ思いに違いない。
静けさが三人を包んだ。

第三章　春《しゅん》潮《ちょう》

⑴

フェリス・セミナリーのブース校長から手紙が届いた。

念願だった井戸は落成し、今年は、いよいよ風力ポンプ（風車）で水を汲み上げる。

校舎外壁の塗布、山崩れ防止のための二百ヤードの石垣造成も完了した。

（私が、ほんの少し学園を離れている間に、学園は繁栄し続ける……。私は、浦島太郎！）

熱海の温暖な気候は、嘉志子の健康を確実に回復させた。

（春が来たら横浜に帰ろう。新学期から、教壇に立ちます）

巌本善治からの手紙も、滞りなく、二日に一通届いた。

《明治女学校》や《女学雑誌社》の現状に加えて、「女学《じょがく》」の現状について書かれている。

嘉志子が気になる世間や時代の最新情報も含まれる。

二月には、木村熊二校長が、台町《だいまち》教会の二代目牧師を依頼されて、二本榎《にほんえのき》へ転居なさるそうだ。

六年前の明治十五年十一月、植村正久氏により、日本一致《いっち》教会《きょうかい》台町教会として設立された教会だという。

美しく、年若い妻と並んで歩く、熊二の姿が目に浮かんだ。

（熊二様、《明治女学校》から、ますます遠いお立場になってしまいませんか？）

どこからともなく梅の香りが漂い、遠望する海は波も穏やかだ。

⑵

巌本から、『女学雑誌』への投稿を依頼する手紙が届いた。

昨秋、アメリカのバッサー・カレッジへ提出した報告書を、ブース校長の許可を得て載せたい、とあった。控えの原稿を、校長から借り受けたい、とも。

（『女学雑誌』の読者ならば読みこなせる。巌本様は、常に高きを目指していらっしゃる）

嘉志子は巌本に宛てて、「喜んでお受けします」、と書いた。

返事を書きながら、湘烟女史の漢文訓読体を想った。

今時《いまどき》の教育を受けた若い世代の中には、漢文訓読体よりも、英文のほうが読み易いと感じる人もいるだろう。

フェリスの女子学生にとっては、どうだろうか？　そもそも明治の世に相応《ふさわ》しい文体とは、何なのだろう？

曲折を経たが、御一新《ごいっしん》後、漢字カタカナ交じりで書く漢文訓読体が、公文書の文体になっていた。

保安条例、然り……。

ならば、湘烟女史の文体に、何も問題はない。

それでも、嘉志子の胸に蟠《わだかま》りが残る。

御一新前後から、文字、言語そのものを変えようと主張する動きが起こっていた。

漢字・漢語・漢文・漢籍の権威は揺らぎ始めた?

言文一致体の模索も始まっている。

想いは、坪内逍遥《つぼうちしょうよう》の『小説神髄《しんずい》』、二葉亭四迷《ふたばていしめい》の『小説総論』に飛んだ。逍遥は作中で、『支那《しな》および西洋の諸国にては言文おほむね一途』、と書いていたはずだ。

二人ともに、内容においても、新説を唱えて人気が高い。

小説に於ける、勧善懲悪《かんぜんちょうあく》を好《よし》とする筋立てを否定して、人間の心理に拘《こだわ》る書き方《かた》だ。

逍遥は『当世書生気質《とうせいしょせいかたぎ》』、四迷は『浮雲』で理論を実践していた。

(『浮雲』はさて置き、『当世書生気質』がそんなに面白いとも思わないけれど……)

嘉志子は、自ら抱いた疑問に、自ら答えを出した。

『善悪の岐』は勧善懲悪小説とは言い切れない。湘烟女史は、全て解っていらっしゃる。心配は要らない。

その時ふと、新しい文学運動をしている人々の中には、女性がいない事実に気づいた。

その人々は、湘烟女史の情念を、自分たちへの脅迫、あるいは脅威と感じているのかもしれない。

嘉志子は、強く思う。湘烟女史が否定されてはならない、と。

改めて巌本に、『善悪の岐』の世間的な評判を尋ねた。

(3)

巌本は返事をくれた。

前年七月、「女子教育」を掲げて発刊された雑誌『以良都女《いらつめ》』の、第六号が同封されていた。発行は、十二月十日付。

『療養中の嘉志子さんのお体に障るかとも思いましたが、真実をお伝えするほうを選びました云々……』

手紙に書かれていたように、雑誌には栞《しおり》が挟まれている。

開けば、批評欄だ。過酷な批評だった。

『「ユージン・アラム」の翻訳に外ならず。にも拘わらず、本書には「著」とありて、「訳」といふ字は一字も見えず。……行文《こうぶん》は拙《せつ》の拙』

嘉志子は、我が目を疑う。さらに過酷な批評は続いた。

『他人が立てし筋を取り、他人が加へし肉を偸《ぬす》みて而して其の由《よし》を言わざるこそ君子の為《せ》ざる處《ところ》にあらずや』

批評の書き手は、自ら名乗っていない。公平な批評だろうか？

（ありえません！）

女史は、西洋の物語が言おうとする肝心なことを汲みあげて、場面を日本に置き換えた。西洋の物語のおもかげを留めながらも、全く別の物語として、新しい生命を与えたのだ。その中で、人の道を説こうとしたに違いない。しかし、こうした行為自体を「偸み」とし、人の道に悖《もと》る行為と決めつけている。

『以良都女《いらつめ》』の読者の多くは、若い女性だ。言うなれば、先を進む姉とも言える湘烟女史を貶《おとし》められて、傷つくだろう。

（中には、怖いと感じたり、自分は目立たないようにと考える読者も、出るでしょう）

雑誌を調達した読者を後ずさりさせる「女子教育」誌？

批評の書き手は何を狙ったのだろうか？　湘烟女史の才能と情念を脅威と感じているからに違いない。

（才能を潰そうとしている？　漢文訓読体を嫌っている？　他の何か？）

そもそも、新しい時代の小説とは？

（書き手それぞれです。読者が決めるのです）

湘烟女史は、どう受け止めているのだろうか？　巌本も？

女史は『女学雑誌』に、たびたび原稿を寄せている。

『女学雑誌』と『以良都女《いらつめ》』の間には、確執があるのだろうか？

嘉志子は強く思う。

世の中には、魑魅魍魎《ちみもうりょう》が蠢《うごめ》いている。負けてはならない、と。

(4)

嘉志子が『女学雑誌』九十八号を手にしていると、畑先生はやって来た。診察の後、畑先生は、にこやかに告げた。

「だいぶ体力も付いてきたようです。私の往診は、今日までとしましょう。来月は、私の所へ診察を受けにお出で下さい」

待ち侘びた言葉だ。

一週間後、嘉志子は、常さんにつき添われて、畑先生を訪ねた。

丘の上から見ていた村に足を踏み入れるとは、不思議な感じだ。

(目と鼻の先でしたのに、何と遠かったことか!)

新たな命を得た思いが、ふつふつと湧き起こる。

(5)

診察を終えると、畑先生は、おもむろに話し始めた。

「大丈夫ですね。明日からは、午前中は、一時間をめどに、ゆっくりと散歩しましょう。外気に触れて脚力も回復させます。常さんの畑仕事の見学や、ちょっとした手伝いでも良いでしょう」

嘉志子は嬉しさを堪《こら》えきれない。

「午後は、どうしますか？　横浜へは？」

畑先生は淡々と答える。

「急《せ》いては、いけません。午後は、昼食後の安静は、今まで通り。読書も一時間ですよ。夕食の準備も手伝って。……三月の二十日過ぎ頃まで、この日課で」

配慮に富んだ療養計画に違いない。しかし、嘉志子は落胆した。

（きっと四月には、間に合わない）

「私が受け止めたほどには、回復の具合が思わしくないのですね」

畑先生は、嘉志子の胸中を見透かしたかのようだ。

「がっかりしましたか？　学校の授業は、きっちりと四月一日から始まりますか？」

嘉志子は、少しばかり愛想のない返事をした。

「いいえ、秋です。四月は学期の途中です。勤務復帰の時期については、柔軟です」

畑先生が常さんに目配《めくば》せしたように、見えた。

「……三月の二十日が過ぎたら、湯宿に二泊ほど宿泊しても構いません。その後は、四月半ばまで、午後の安静も要りません。通常の暮らしをして下さい。健康に自信を持って、四月半ば過ぎに、横浜にお帰りなさい」

嘉志子は聞いた途端、自分の耳を疑うほどだ。

「本当に四月半ば過ぎに！　今日の先生のお言葉は、私の病状を、いいえ、寿命を少し縮めました。私の心は落胆と高揚で大揺れです」

常さんが、にこにこして話し始めた。

「旦那様が、嘉志子お嬢様が横浜に帰る前に、湯宿にご案内してはどうか、と」

「横浜の旦那様がご招待下さるのですか？　畑先生ともお話がついていたのですね」

常さんは嬉しそうに頷いた。

「中の日には海岸にも行きましょう」

常さんまで、まるで子供が行楽を心待ちにするようだと、嘉志子は可笑しくて、嬉しい。

(6)

三月は瞬く間に過ぎる。

嘉志子は、畑先生の言葉を守り、朝食後、屋敷の周りをゆっくりと散歩する。それから、常さんと秀次さんの畑仕事を見物し、頃合いを見て、お茶を運んだ。

秀次さんは畝《うね》を作り、常さんが青菜の種を播《ま》いた。

三人で、裏山に筍《たけのこ》掘りにも出かけた。

別の日は、常さんと蕨《わらび》や薇《ぜんまい》などの山菜摘みに。

丘の下の清流では、芹《せり》も摘んだ。

嘉志子一人で、畑仕事を横目に見て、畑の傍で、土筆《つくし》も。

嘉志子にとっては、初めての体験ばかりだ。

一方で、常さんは、嘉志子が疲れ過ぎないように、監督を怠らない。午後の安静と読書の時間を厳密に計った。

収穫物は、次々に食卓に並んだ。常さんは筍を煮物にし、ご飯に炊き込んだ。芹の味噌汁に、土筆の酢の物。

「美味しいですね。春の食卓が、こんなに豊かなものだとは。私も収穫をお手伝いしたから、一層ですね。もちろん、常さんのお料理の腕前が見事だからです！」

常さんは、小さく声を立てて笑った。

「料理のし甲斐がありますよ。嘉志子お嬢様の食べっぷりが好いと」

「おかげで少しばかり太りました。畑先生は褒めて下さるでしょうか？」

嘉志子は、話しながら、楽しくてならない。

常さんは、いつでも嘉志子の味方だ。

「きっと褒めて下さいますよ。……筍でも山菜でも、季節の恵みは薬のような物で、大きな力があるんです」

(7)

三月の二十日過ぎ、嘉志子と常さんは、お彼岸の行事を済ませて、湯宿での行楽に出かける。

嘉志子と常さんは、午前中から出発する。秀次さんは、夕食前に宿で合流する。

湯宿の名前は、本町通りの角地にある相模屋。

大湯から湯を引く、江戸の世から店を構える老舗の宿だ。

十年ほど前に三階建てに増築したと、常さんが教えてくれた。

「温泉地の熱海村を支える宿の一つです。立派な門構えで、門を入れば、また立派なお庭が。一度、泊まりましたが、二階の座敷からの眺めが見事でした」

常さんの胸の中には、既に計画が出来上がっていた。

「宿に荷物を預けて、噴き出す時間が合えば、まず大湯見物。お昼ご飯も本町通りで食べましょう」

大湯を間近に見、湯宿の並ぶ温泉街の風情を楽しむ計画だ。

午後は、早い時間に温泉に入って、湯宿の部屋で寛《くつろ》ぐ。

嘉志子は常さんにお願いする。

「本町通りで、何か、横浜へのお土産を買いたいのですが。一緒に探して頂けますか？」

「美味しい温泉饅頭《まんじゅう》や、甘鯛《あまだい》や烏賊《いか》の干物などあるけれど、今すぐ買っておく物ではありません。横浜へお帰りになる前日に、秀次さんに買ってきてもらいましょう」

常さんは、言ってから、思いついたとばかり言い直した。

「中の日に、海岸で貝拾いをしましょう。きっと、綺麗《きれい》な貝殻《かいがら》を見つけられますよ。小さな桜貝を集めて、小箱に入れてはどうですか？　可愛い小箱なら、本町通りの土産物屋にあるでしょう」

嘉志子は聞いた途端、心が震えた。常さんの手を強く握った。

「常さん、素晴らしい思いつきです！　きっと、生涯忘れられない旅の記念になるでしょう」

⑻

「お部屋の支度は調っておりますので、ご案内できます」

湯宿の女主人の言葉に、嘉志子と常さんは従う。

案内されたのは、三階の見晴らしの良い部屋だ。予想通りに、正面に初島が、西に目をやると錦ヶ浦が、手に取るように望める。

海が青い。春の日差しは穏やかだ。波も、きらきらと光を反射させては、静かに寄せている。沖合に揺蕩《たゆた》う小舟も見える。

「漁師の舟ですか？　この時季の漁は何ですの？」

常さんは、出されたお茶を飲みながら、答える。

「今が旬の縞鯵《しまあじ》や眼張《めばる》でしょうか？　眼張は春告げ魚とも呼ばれます。夜には、烏賊《いか》釣り舟の漁火《いさりび》が、きっと見えますよ」

「ランプを灯して、夜通しの漁を？　この部屋から見えますの？」

「もちろんです。料理に何が出されるかで、旬の魚は分かります。……さあ、大湯見物に出かけましょう」

相模屋の裏手に、大湯は噴き出していた。

一日に六回だけ噴き上げる湯だ。

嘉志子は、幸運にも湯が噴き上げる瞬間に立ち会うことができた。

初め、じゅわじゅわと沸《わ》き出した湯は、次第に沸き立つ。轟音《ごうおん》と共に噴き上がり、湯気は、天に昇る勢いだ。一瞬にして、辺りを霞《かす》ませた。離れて見ていたのに、まるで雲の中に立っている気分になる。

次に、大湯の奥にある、呼吸器患者のための温泉療養施設、《噏滊館《きゅうきかん》》を見学した。岩倉公《いわくらこう》の意向を受け、政府の肝煎《きもいり》で落成して三年になるという。

施設の管轄《かんかつ》は宮内省だが、誰でも利用できる。

昼食を本町通りに面した小料理屋で取り、宿に戻った。

「少し疲れましたね。お昼寝をしましょう。私もしますよ。それから、お風呂に」

二人で、枕を並べた。

短い昼寝の後、常さんと二人で湯宿の内風呂に入る。日は高く、明るく大きな風呂場に二人だけだ。

嘉志子は、初めて常さんの背中を流した。

「嘉志子お嬢様に背中を流して頂くとは、もったいない」

「いいえ、この四か月、実の娘のように接して頂きました。私に今日があるのは、……立ち去りがたい思いです」

涙が溢れて言葉にならない。

「嘉志子お嬢様の親とは憚《はばか》られますが、親元と思って、帰りたくなったら、いつでも帰って来て下さい。私も、秀次さんも、娘を持つ幸せを味わわせてもらいました」

ともどもに涙を湯で拭って、柔らかな湯に浸かった。

（９）

秀次さんは頼まれ仕事を終えてやって来た。

三人で部屋で夕暮れを楽しみ、暮れれば星空を愛でた。

二日目の朝は、朝焼けに目覚めた。

辺りを真っ赤に染めた朝日は、ぐんぐんと速度を上げて昇り、気づけば長閑《のどか》な春の日になった。

朝湯に浸かり、朝食を済ませると、嘉志子は勇んで海岸を目指す。

見回せば、あちらこちらに湯煙が上がっている。熱海七湯《ななゆ》の名前が示す通りに、熱海は湯の村だ。

海岸に掛茶屋《かけぢゃや》があった。荷物を預け、嘉志子は身支度を調えた。

手拭いを姉さん被りにし、木綿の普段着の丈を短く着付けた腰巻姿になる。襷《たすき》を掛けて、草鞋《わらじ》も履いた。

掛茶屋のお姉さんが笑っている。

「常さん、なんだか恥ずかしい」

常さんは澄まして答える。

「なかなか可愛らしい娘姿ですよ。……浜へ出たら、嘉志子お嬢様は、足元と言わず、着物も直《じき》に濡らすでしょうよ。波打ち際から離れて桜貝拾いに集中するとは、思えません」

秀次さんも同意の表情だ。秀次さんは磯釣りを楽しむ計画だ。

「黒鯛を釣り上げますから、夕食を楽しみにしていて下さい」

常さんは熊手《くまで》と笊《ざる》を携《たずさ》えた。獲物は波打ち際《ぎわ》の蛤《はまぐり》。

この辺りで貝寄《かいよ》せの風と呼ばれる南西風が吹くと、海が荒れて、貝も浜に吹き寄せられる。今の季節こそ、貝拾いに最も適した季節だという。

幸い今日は、大した風もない。

「まさしく好日です！」

嘉志子は砂と波の合間に目を凝らす。きらりと光る小さな貝を見つけた。夢中で拾い上げる。何とも愛らしい桜貝だ。

「常さん、ありました！」

こつを摑むと、桜貝は次々に見つかった。小さな笊に入れる。

一つとして同じ桜色ではない。笊を、そっと、波の届かない場所に置いた。

次に、常さんの笊を覗きに行く。小ぶりではあるが艶々《つやつや》とした蛤が、いっぱいだ。

「やってみますか？」

嘉志子は熊手を持ち、波が引いた隙に砂を掻く。蛤と思った瞬間、蛤は波間に消えた。

気づけば、足元も濡れている。顔を手で拭ったので、顔が砂に塗《まみ》れた。

嘉志子は海に癒《いや》されている自分を感じていた。

（松並木が美しい風光明媚《ふうこうめいび》な海岸で、砂に塗れている私。振り向いて山も見ず、島影も、波の煌《きら》めきも見ずに。……でも、これで良いのですわ！）

深く息を吸い込む。微かに松風が聞こえた。

⑽

四月に入って、嘉志子は畑先生を訪ねた。

嘉志子の日焼けした顔を一目見るなり、畑先生は笑った。丁寧《ていねい》な診察の後、畑先生は、おもむろに話し始めた。

「あなたの診察は、今日で終了とします！」

予期していた畑先生の言葉であったが、嘉志子は全身の力が抜けるように感じた。

（安堵するとは、このような感覚なのだろうか？）

嘉志子は、やっとの思いで、言葉を捻《ひね》り出す。

「先生には、なんとお礼を申し上げたらよいのか」

頬を予期せぬ涙が流れた。

「熱海の土地の力ですよ。秀次さんと常さんの力も。あなたも真面目な患者でした。……以前お話ししたように、もう十日もしたら、横浜に帰って構いません。今後のことも含めて、今の状態を、フェリスの安井先生に手紙で報告しましょう。ご指導に従って下さい」

嘉志子は念を押す。

「横浜では、普通に暮らして、授業に出ても構いませんか？」

畑先生は、心持ち背筋を伸ばした。

「今の医学には、結核を完全にねじ伏せる力はありません。栄養と安静を以て体力を付け、結核菌を活動停止に追い込む。緩解《かんかい》と言います。嘉志子さんの病状も、この状態と考えておくべきです」

嘉志子は何だか悲しくなった。

「再発を覚悟して暮らすのですか？　できそうにありません」

畑先生の語気が、嘉志子を叱るように強まった。

「歳をとって、命が果てる日まで、押さえ込めば良いのです。……発症して、あなたのように短い期間で、ここまで回復できたのは奇跡です。自信を持ちましょう。ただ、くれぐれも、無理をしないように。不摂生《ふせっせい》を重ねてはなりません」

畑先生は、柔らかに言葉を足した。

「医者は、患者の呼吸を聞けば、実際に体に触れなくても病状が分かるのです。特に、肺結核患者の場合は。嘉志子さん、あなたは、健康な人の呼吸をしています。新しい生活を始めて下さい」

第四部　『小公子』の連載開始

第一章　新生

（1）

四月半ばの土曜日、嘉志子は重さんと早朝に熱海を出発し、往路とは逆の行程で、横浜を目指した。

嘉志子は、秀次さん・常さん夫妻と別れを惜しんで、涙を流す。

重さんが気を揉んで、何度も急かせた。

「嘉志子さん。小田原の乗合馬車や国府津の汽車の時間に、間に合いませんよ」

とうとう叱られた。

「嘉志子お嬢様、あなたの奮闘の場は、ここではありません」

常さんの言葉に、別れの覚悟を決めた。

山茶花《さざんか》の咲いていた、断崖の縁を巡る山道を戻って行く。眼下には相模湾。三浦半島と房総半島が霞んでいる。左手の山は新緑が萌えるようだ。山中の所々に野生の藤の花が見える。

（なんと美しい！　あの日も、私はここで、生きたいと強く思った。今日、願い通りに健康を回復して、横浜へ帰るのだ。力を尽くさずにはいられない！）

嘉志子は、流れた月日を想い、支えてくれた全ての人たちに感謝する。

⑵

日は暮れたが名残のある時刻に、フェリスに帰り着いた。

一番に、ブース校長夫妻に帰任の挨拶をする。

夫妻と抱擁を交わした。

「嘉志、待っていたよ。上出来だ。しかし、しばらくは静養だよ」

聞き慣れた、良く通る声だ。

校長に続いて、夫人も労《いた》わってくれる。

「お元気になられて何よりです。あなたと、食事や、お茶をする日を待っていました。……今夜は、お部屋に食事を運んでもらいますから、お部屋でお寛《くつろ》ぎなさい。後日、改めてディナーを」

自室に荷物を解くと、安堵と懐かしさが込み上げた。

（3）

五月に入ると嘉志子の身体の加減は力強さを増した。

フェリスの学内を歩く姿に、転地療養を余儀《よぎ》なくされた不調の名残を見せない。

嘉志子は、しみじみと思う。再び教壇に立てる喜びが、更なる回復を齎《もたら》してくれたのだ。フェリスこそ、私を生かしてくれる場に違いない、と。

五月から、生理学、読み方、作文、英文翻訳を担当する。

授業の初日、嘉志子が教室へ向かおうと廊下を歩いていると、こちらへ足早に歩いてくる女性と目が合った。

すらりとした瓜実顔《うりざねがお》の美人だ。前髪をきりりと上げ、結い上げた髪は広い額をことさら露わにしている。

心持ち細い眉と切れ長の目。通った鼻筋。色白の貴族顔。黄八丈《きはちじょう》の着物に、紫の被布《ひふ》を重ねていた。

湘烟女史に違いない！

嘉志子が名乗るよりも早く、声を掛けられた。

「あなた、嘉志子さんね。巌本先生からも、ブース校長からも聞いていますよ。お元気になられたのね」

噂通りの透き通った声音《こわね》が、美しい口元から零《こぼ》れた。

嘉志子が、どぎまぎしていると、声は続いた。

「お授業が始まりますから、後でね。放課後、『孟子』の課外授業をしますから、好かったら聴きにいらっしゃい」

あっという間に、女史は立ち去った。

前任の熊野先生を引き継いで、漢学の授業に加えて、和漢学科全体の監督でもある。

巌本の紹介を得て、ブース校長の強い要請で就任したと聞いた。

女史は嘉志子より、わずか三歳年上に過ぎない。十五歳も年上の中島信行氏とは同志のような絆で結ばれ、先妻の初穂様の三人の忘形見の継母にもなられた。

嘉志子は、湘烟女史の後ろ姿を、眩《まぶ》しい思いで見送った。

⑷

五月二十日（日）、嘉志子は巌本と海岸教会の礼拝に出席した。

礼拝が済むと、二人で近くの食堂《じきどう》で食事をし、食後は海岸通りを連れ立って歩く。

傍らに、薔薇の咲く、小さな公園があった。

二人で色とりどりに咲き誇る薔薇の花壇の畔《ほとり》に佇《たたず》んだ。

「こうして、健康を回復された嘉志子さんと海岸通りを歩くと、私も勇気が湧《わ》きます」

嘉志子は物足りない思いだ。

(巌本様のお気持ちは通じてはいますよ。今日こそ、率直に仰って頂きたいのです)

嘉志子は慎重に言葉を選ぶ。

「『女学雑誌』の連載、拝読していますわ。初め、『理想の佳人《かじん》』とは、少し大仰《おおぎょう》な感じを受けました。それも、一国の国民が理想とする佳人を、その国の詩歌や小説に求めるのですから。どのように、お説を開陳なさるのかと?」

「西洋に於いては、シェイクスピアから近代の諸小説家に至るまで、小説家は自らの作品中に必ず佳人を登場させます。小説家が熟慮の末、自分好みの理想の佳人を作り上げて。……西洋の淑女は愛読して、その佳人を自らの人生の手本にします」

「一方で、我が国の詩人や小説家の多くは、古来、美人を描いても、心を寄せはしない！巌本様は、江戸の馬琴、近松門左衛門から、今の世の二葉亭四迷、猥褻《わいせつ》なる小新聞の作り物までを俎上《そじょう》に載せて論じていらっしゃる。……書き手にも、読み手にも異議を述べて」

巌本の顔に笑みが浮かんだ。

「嘉志子さんに解って頂けて光栄です。もちろん、我が国の小説にも良いものはあります。少し書きすぎたかなと」

「いいえ、巌本様でなければ書けない文言《もんごん》ですわ」

巌本は俯《うつむ》きながらも、揺るぎのない口調で講釈する。

「女学のために見逃す訳にはいかないのです。我が国の小説家が、作品の中で、泥の中にことさらに蓮《はす》の花を挿《さ》すように藝妓《げいぎ》娼妓《しょうぎ》を飾り、誠を付け加える書き方を」

「藝妓娼妓を憐《あわれ》み、慕《した》わしく思う読み手も出てくるでしょうね」

巌本は一段と熱を込めた。

「少女には読ませられない。藝妓娼妓を小説に登場させてはならないと考えます」

嘉志子は、巌本に強く惹かれている自分を、改めて意識する。

(正義とするものは同じです。巌本様への思いに揺《ゆ》らぎはありません！)

巌本ほど節《せつ》を曲げず、女学《じょがく》の発達のために情念を燃やす男子を、嘉志子は知らない。

『女学雑誌』の文言と、目の前の巌本の口から発せられる言葉と、一言《いちごん》の齟齬《そご》もないのだ。

公園の中には、小さなベンチがあった。

二人で並んで座った。

「巌本様が心に描く婦人像は、いつでも決まっていますね」

「同じ言葉を、繰り返しているだけかもしれませんが」

巌本の口調は穏やかだ。

嘉志子は幸せを感じていた。幸せな思いを伝えたいと思った。

「私、この連載の核心が解りましたわ。巌本様が、最も残念だと思われる佳人像が。申し上げてもよろしいですか？」

巌本は笑顔を浮かべた。

「仰《おつしや》って下さい」

「連載（第四）『似而非《えせ》美人』です！　今時流行の、小説に描かれる才子《さいし》佳人《かじん》の交際です。

『女子は男子を慰め、男子を助け、男子の疲れたるを醫《いや》し、男子に幸福を與《あた》ふるものなりと』。それができて、明治の世の良婦人だと。……ただし、巌本様は、」

巌本が、後を引き取った。

「男子が慰めを必要とするように、女子も亦た慰められなければなりません」

「昔日《せきじつ》の男尊女卑《だんそんじょひ》論に変わらないのに、多くの読者は、しらずしらずのうちに心酔《しんすい》する。巌本様のご指摘は流石《さすが》です」

二人で、見つめ合った。

（私は、巌本様を愛しています。同じように、私も、巌本様から愛されているに違いありませんね。……結婚致しましょう）

この時、嘉志子は、ふと、湘烟女史を思い出した。

湘烟女史は中島信行氏との結婚を、どのように決断なさったのだろうか？　口数が少ないと噂に聞く信行氏。それでも湘烟女史は、求愛の言葉を、しっかりと引き出したに違いない。

嘉志子は、このまま別れたくないと強く思った。

（久しぶりの逢瀬《おうせ》なのに、勉強会になってしまいました）

嘉志子は、自らを励ます。

（今、止めてはならない。言葉にして、思いを伝えなければ）

「昨秋、私が病を発症して以来、巌本様には、たいそう支えて頂きました。フェリスに、一番に駆け付けて下さった。熱海には手紙や『女学雑誌』を。いつも勇気付けられました。おかげで今、こうしてここに、私はおります」

「嘉志子さん、あなたの強い気持ちが回復を齎《もたら》したのです」

薔薇の間を、盛んに蝶が舞う。

「薔薇の蕾《つぼみ》も、今日の日差しに花開きました。香《かぐわ》しいかおり。ところで、薔薇は、蜜《みつ》を集める蝶のために、花開いたのでしょうか？

私はそうは思いません。ならば、誰のために？　薔薇を愛《め》でるのは誰です？」

嘉志子は、上ずった自分の声を意識しつつ、噛《か》みしめるように言葉を発した。

「巌本様は、『女学雑誌』の文章の中でだけ、お優しい？　あなたは、生身《なまみ》の私を愛しては下さらないのですか？　フェリスの応接室での、優しいお言葉は偽《いつわ》りでしたの？　私は、私にだけの、求愛の言葉が欲しいのです」

巌本は、目を見開いて、嘉志子をまじまじと見つめた。

「嘉志子さん、私は、嘉志子さんのお体を案じておりました。決して偽りではありません。ただ、あまりに愚かでした。女学の発達を訴えながら、大切な女性の気持ちに思いを寄せる力が、欠けていました」

(5)

嘉志子は、巌本とのやり取りを反復しながら、五月二十六日（土）を指折り数えて待つ。『女学雑誌』の次の号（百十一号）が発売される日だ。

（巌本様は、私の申し入れに、たいそう驚かれたに違いない。……必ずや、誌上で、お返事を下さるでしょう）

しかし、時に六日間は、永遠にも感じられる。

嘉志子は、気づけば巌本を想っている自分を、戒めた。

(6)

待望の『女学雑誌』百十一号が発売された。

巌本が書いたと思える文章が二つ載せられていた。社説『女学の解《かい》』と『佳人の歎《たん》』。

心を鎮《しず》めて、一番に社説を読む。

読み始めてすぐに、嘉志子は心中で賛嘆《さんたん》の声を上げた。

巌本が今までに、『女学雑誌』で様々に主張して来た内容を纏《まと》めたものではある。だが、見事と敬服するほかはない。

まず、『女学』の二字の解釈を、『凡《およ》そ女性に関係する凡百《ぼんぴゃく》の道理を研窮《けんきゅう》する所の學問なり』、と定義する。

次に、読者に、『……何故《なにゆえ》に、斯《か》かる一新派《いちしんぱ》の學問を創立するの必要ありや』、と問いかける。

『曰《いわ》く、古來《こらい》女性は、悲しくも樂園《らくえん》の外に追出され、只だ暗黒場裏《あんこくじょうり》に齒がみし、苦歎《くたん》して、其の聲《こえ》の明々界《めいめいかい》に聞取らるゝことの甚《はなは》だ微《かす》かなるが故也《ゆえなり》』、と答えた。

嘉志子は、しみじみと思う。

(巌本様の仰るとおりです)

明治の世になっても、女性は、学者からも政治家からも大いに忘れられて、捨てられている。伸ばせるはずの心も体も伸ばせない。だから、『女学』が必要となる。

巌本の使う言葉と言い回しにも、嘉志子は心を躍らせる。

(どこから持って来るのだろうか？ いや、生み出すのか？)

『……女性の心身を解析《かいぼう》し、その天賦《てんぷ》の權力《けんりょく》を主張し、若《も》し之を教育せば果たして如何《いか》んの人物と為《な》り、果たして如何んの決果《けっか》を及ぼすべきやを論定し、而《しか》して其教育の方向を定め、預《あら》じめ其の決果の方針を導き、……』。

一語一句が嘉志子の胸に響いた。

言葉の端々に、女性に対する敬意と愛情が溢れている。

続く、『或は學問《がくもん》の上に於て、或は人權《じんけん》の上に於て、或は社會的の關係《かんけい》に於て、女性は抑《そ》も如何の地にまで至り得べき乎《や》、又、如何んの地にまで至らしむべきや』こそ、教師である巌本の真骨頂《しんこっちょう》だ。

（女性の力を心から信じて、全力で、女性の地位を引き上げる宣言ですね！）

「いや」と、嘉志子は、しばし思いを巡らせる。

引き上げるのではなく、助言しつつ並走する。

（女性は、生まれながらにして、慈愛《じあい》に溢《あふ》れた大いなる存在なのですから）

巌本自身、どこまで行くつもりなのだろうか？

（今、なすべき使命だけをと、考えていらっしゃるのでしょう）

巌本は、さらに主張を続ける。

女性が、男子と同様の幸福を受ける曉《あかつき》には、『女学』は霧散《むさん》し、『一個の人類学』となる、と。

社説『女学の解』は、巌本の数ある社説の中でも、読者の心を動かす、記念碑的なものになるに違いない。

嘉志子は確信し、しばし、感動の余韻《よいん》に浸《ひた》った。

⑺

嘉志子は高ぶる気持ちを意識しつつ、『佳人の歎』を読む。

『……初夏快晴の日、佳人庭に出でて徘徊《はいかい》し、薔薇《しょうび》樹下に佇《たたず》んで泣いて曰く、……妾《わたし》は嘗《かつ》て愛を知らざりき、只だ郎の為《あなた》に愛を教へられぬ、妾は愛の苦しきを知らざりき、只だ郎を愛するによりて之を知りぬ、今すでに満腔《まんこう》に愛花《あいか》を開けり、復た閉づべきにあらず、而《しこう》して之を観て賞し、之を嗅《か》いで香《にお》ひありとし、之に接して妾の笑ひに応ずるの人何処《いずこ》にありや。知らず、薔薇を取って地上に擲《なげ》うつ、嗚呼《ああ》、郎何ぞ冷淡なる』

途端《とたん》に拍子《ひょうし》抜けした。

怒りさえも湧いてくる。

（全く答えになっていませんね。私たちの交際は、どう進むのですか？）

詩的な装いをした文章は、先週の逢瀬《おうせ》の場面の完全な描写に過ぎなかった。

（私は、求愛の言葉を求めましたのに。この文章に巌本様のお心はありません。末尾の『薔薇を取って地上に擲《なげう》つ』とは、私が冷静さを失っているようですね。おまけに『嗚呼、郎何ぞ冷淡なる』とは、私が巌本様に突きつける台詞《せりふ》です。巌本様が書く文言ではありません）

嘉志子は決意した。今の思いを、巌本に文章でぶつけよう、と。

《女学雑誌社》へ送りつける。もし、不採用となって、『女学雑誌』に掲載されないようならば、覚悟を決めなければならない、と。

早速、机に向かった。

英文になってしまうけれど、仕方がない。

巌本の『佳人の歎』は、場面の設定や描き方など、文章自体は見事と言うほかない。

巌本の文章に被《かぶ》せるように書こう。
構想は一気に決まった。

『　The Complaint（不満の訴え）

①

"It is a summer's day !"
So say the laughing flowers ;
And flitting butter-flies enjoy the light,
……

②

A lady's shadow falls
Upon the sunny garden ;
It lingers now aslant a bush
With blooming flow'rs o'er laden
Her heaving bosom told
Of a tender, longing heart.
As she addressed the flower of love,
Decked in nature's wanton art.

③

“A time there was when thou
“Wast a bud, slender and coy ;
“A veil of verdure protected thee
“From a world of pain and joy.
“who taught thee then, she said,
“Thy blushing face to show ?
“And coaxed, in spite of thee, fair rose,
“In light and warmth to glow ? ”

④

“One by one, thou yeilded
“Thy petals willing but shy ;
“Far too tender to with-stand the charm,
“Potent, strange-Oh why ! ”—
Her voice was impassioned, low,—
“Am I not like to thee ?
“Who taught me the mystic pain and love,
“Whoever could but he ! ”

⑤

" Canst thou thy chalice fold,
" Resume thy fragrance sweet,
" If, perchance, one fails to prize thee ? —
T-were well to be thus discreet ! "—
She plucked the fated rose,
And dashed it to the ground.
Then with streaming eyes, the lady cried :
" Oh neglect, thou giv'st this wound ! "
」

第二章　エンゲージメント（婚約成立）

（1）

翌週（六月二日）発行の『女学雑誌』百十二号に、巌本は、『男女交際論』を載せた。連載の第一回は『當今《とうこん》の男女交際』。

正当の手順を踏み、正当の規律のもとに行われる男女交際（会）の発達することを願い、かつ、相応の尽力《じんりょく》をしようと結んでいる。

嘉志子は頷きつつ、『The Complaint（不満の訴え）』の掲載を待つ。

（ふふふ。私が英詩を投稿したから？　それとも、元来《がんらい》、このようなお考えでいらしたのかしら？　それにしては、少しばかり行動が遅すぎます）

百十三号の連載第二回は、『其《そ》の効益《こうえき》』。さらに（一）『「男女交際は自然に順《したが》ふ」と云《い》ふ事』と、項目が立てられていた。

まず、世を逃れて暮らす仙人の寂しさから話を起こした。次に、仙人であっても、何の友もなくしては暮らすことはできない、と断言する。

故に、男女の交際は人情の自然であって、もともと天が命じて決めたことだ。この自然に従う時は、男女各々が美質を高め、かつ愉快である、と。

　嘉志子は、自分が採った行動の正しさを思った。

（受け止めて下さった！　巌本様の、お考えの通りです。何の問題もありません）

　さて、とばかり、『The Complaint（不満の訴え）』を探した。

（読みようによっては、巌本様を非難しているとも受け止められる詩を載せて下さった！）

　目次に示されたとおり、十八ページ下段に、詩は掲載されていた。

　目にした途端《とたん》、嘉志子の胸は、ざわついた。

（活字に直されているとはいえ、何と小さな活字！　読めませんわ）

　ページ一面の半分に、やや欠ける割り付けだ。

　四十行からなる五連の英詩は、明らかに隅《すみ》に追いやられていた。

（私の思い込みかもしれませんが、どう見ても扱いが邪険《じゃけん》です）

　上段には、一行目に『佳人《かじん》の歎《たん》（英詩）』の題目が、以降三行にわたる立派な解説があった。

『女学雑誌第百十一號叢話《ごうそうわ》欄内に佳人の歎と云へる一章を載せたる處《とこ》ろ友人《ゆうじん》若松しづ之《これ》を英詩に譯《やく》して送附《そうふ》されぬ因《よつ》て下《しも》に之を掲《かか》ぐ讀者《どくしゃ》も原《も》との章《しょう》と合はせて一覧を賜《たまわ》らば幸甚《こうじん》。』

　訳などではない。嘆きではない。不満を訴えたのだ。

　嘉志子は、巌本の作為《さくい》さえも感じた。

（読者に読ませたくない？　お嫌《いや》なら、掲載しなければ好いのだ。まさしく似非《えせ》？　何と、

お心の狭い！　見損《みそこ》ないました）

⑵

寄る辺のない思いで週が明けた。

嘉志子が教員室の自席に座ると、机上に、一通の封書が置かれていた。達筆《たっぴつ》な墨字《すみじ》で、「嘉志子様　みもとに」と。裏を返すと、「俊子」、とあった。

（湘烟様。何かしら？）

夢中で封を切る。

「次の日曜日の午後、拙宅《せったく》にお越し下さい」、とだけ書かれていた。

ご自宅は、横浜大田村。新開地《しんかいち》の真ん中に立つ一軒家と聞いている。前年末、麹町区《こうじまち》富士見町の屋敷から、保安条例によって追われたのだ。

湘烟女史は先日も教員室で話していた。

「最近まで、製塩の釜のある浜でしたのよ。入り江を埋めて干拓《かんたく》新田ができまして。家を建てるにも、道を拓《ひら》くところから始めました。でも、私は海が見える土地が好きですわ」

（きっと、土佐での日々を思い出されるのでしょうね。お若い、時代の魁《さきがけ》と言える才能に触発《しょくはつ》された青春の日々。羨《うらや》ましいような）

女史は大田村からフェリスに通ってくる。

亀の橋を渡り、地蔵坂を登って。

地蔵坂は急な坂なので、歩く者は、たいてい途中で息を切らして一休みする。坂の下には俥や荷車の後押しをする人夫が屯《たむろ》して、それで生計が立つほどだと聞いた。

生徒たちによれば、女史は、黄八丈《きはちじょう》の着物姿で、地蔵坂を一息で登り切るそうだ。ご自宅で、にこやかに嘉志子を迎えてくれるだろう女史の姿が、目に浮かんだ。

(それにしても、何のご用事？)

(3)

週末に発行された『女学雑誌』第百十四号には、『男女交際論』連載第三回、『其の効益』。(二)『「男女交際は情交《じょうこう》を盛んにす」と云《い》ふ事』が掲載された。

嘉志子が願う交際、正論《せいろん》そのものだ。

しかし、今となっては、色あせた空論に過ぎなかった。

気乗りしないいままに、嘉志子は湘烟女史のお宅を訪ねた。

来訪を告げると、年若い女性が現れた。

導かれて座敷に入ると、思いがけない先客、巌本がいた。

「驚かれましたか？」

女史の言葉に、嘉志子は無言で頷いた。

「勘《かん》の鋭い嘉志子さんには、お見通しかと思いましたが。急がなければと考えましたので、無礼をお許し下さい」

　女史は、話を続ける。

「私は、とても腹が立ちました。『佳人の歎』を読んだ時も、なんだか変だと感じましたのよ。男性が書く文章ではないな、と。それでも、事情も分かりませんから、黙っておりましたわ。……お里、お茶のおかわりを淹れて頂戴」

　湘烟女史は、客人には自らお茶を淹れてもてなすと聞いていたのに、話をやめない。

　嘉志子を出迎えた若い女性は、嘉志子にも、お茶を出してくれた。

「……そうしましたら、嘉志子さんの「The Complaint」が載るではありませんか。女性が、どれほどの思いで書いたのかも解らずに、ご立派な解説を書くとは！　許せませんね。でも、載せた事実は評価しましょう。私が動かなければと、勝手に決めました」

　嘉志子は言葉を挟めない。見れば、巌本も神妙な顔つきだ。

「でも、もう話はつきました。……巌本さん、さあ、あなたの出番ですわ！」

　巌本は静かに立ち上がった。

　目を潤《うる》ませて、しかし、しっかりと嘉志子を見据えると、きっぱりと申し入れた。

「嘉志子さん、重ねてあなたのお気持ちを傷つけてしまいました私の至らなさを、どうぞお許しください。……私と結婚《ラブ》して下さいませんか？　私は、あなたに全心《ホールハート》を捧げます。ですから、あなたの神聖な愛情を私に与えて下さい」

言い終わると、巌本は、穏やかな笑顔を浮かべて、両手を差し出した。

嘉志子も両手を差し出す。

「喜んでお受けいたします。……私は、今日の日を待ち望んでおりました。申し上げることは、もう何もありません」

二人で、固く手を握りしめた。

「婚約式を執り行いましょう。日程だけ決めたら、後は私にお任せください」

湘烟女史は晴れやかに言った。

⑷

六月、花圃《かほ》女史の署名で、小説『藪《やぶ》の鶯《うぐいす》』が《金港堂》から刊行された。発売と同時に評判を呼んでいる。

嘉志子もさっそく入手し、自室で紐解く。

福地源一郎《ふくちげんいちろう》の序、中島歌子《なかじまうたこ》の跋《ばつ》が付けられていた。

（豪華な序文《じょぶん》に跋文《ばつぶん》。どのようなお立場のお人の作かしら？）

嘉志子は作者自序《じじょ》を読んで驚いた。

作者は、東京高等女学校専修科に在籍する二十歳の学生だという。

初作だ。

そもそも風邪で学校を休んでいた作者を慰めようと、家の使用人が『当世書生気質《とうせいしょせいかたぎ》』を持ってきてくれた。その面白さに惹《ひ》かれて、戯《たわむ》れに書いたものとある。

全十二回、三万五千七百字からなる小説。大作ではない。

読みやすく推敲《すいこう》された文章でもない。切れ切れの、言葉を並べただけのようでもある。

しかし、面白い。嘉志子は一気に作品の世界に引き込まれた。

第一回の冒頭は、鹿鳴館《ろくめいかん》での新年舞踏会。

若いレデーにワルツの相手を願う男の言葉から始まる。

男と女のやり取りは、ぎこつないものの、全て話言葉《はなしことば》のままに描かれている。読み易《やす》い。

（言文一致体を試みている？　意識して？　そうであるならば、何という大胆！）

おまけに、作品全体の七～八割方《がた》は会話で占められている。

（戯曲《ぎきょく》のよう。それ故、劇作家、福地源一郎が序文を書いている？）

そもそも、鹿鳴館の世相を捉《とら》えて作品の土台に据《す》えた構成に、嘉志子は感服した。

（お若いにも拘《かか》わらず、ご自分なりの時代への見識がおあり。きっと、しっかりとした教育を受けた才媛《さいえん》でしょう）

回を追って、読者の意表《いひょう》を突く場面の運びも見事だ。

鹿鳴館の次は、神田今川小路《いまがわこうじ》の横丁裏、次は子爵《ししゃく》邸のように。読者は驚き、次に場面の関係に納得する。

場面ごとに、相応《ふさわ》しい人物を登場させる手法にも、工夫が凝らしてある。

権力者と雖《いえど》も浅薄《せんぱく》な欧化《おうか》かぶれ、出世だけを考える成り上がり者の官員、若い男を誑《たぶら》かす後家《ごけ》の一方で、清貧《せいひん》に甘んじて道を切り開く姉弟、等々。

（私よりも、世間を、よく知っていらっしゃる！　ご苦労された？）

全体を通して無駄がなく、簡潔な話の運びも好ましい。

しかし、何といっても一番に惹きつけられたのは、第六回、女学校の女子寮での女生徒たちの会話だ。

日曜日のお昼前、一人の生徒の部屋に次々と集まってきて、華やかで勇ましい会話を繰り広げる。

一人の生徒の実家から届いた風月堂のカステイラや、袋入りの落花生、重箱に詰められた手料理を、皆で食しながら。

『相「ナニ先生になれば男なんかに膝を屈して。仕《つこ》ふまつツてはゐ《い》ないはネー」

服「ですからこの頃は、学者たちが。女には学問をさせないで。皆な無学文盲《もんもう》にしてしまった方《ほう》がよかろうといふ説がありますとサ。少し女は学問があると先生になり。殿様は持《もた》ぬといひ升《います》から。人民が繁殖しませんから。愛国心がないのですとサ……」』

嘉志子は、なるほどとばかりに、思わず笑った。

服部と名付けられた女生徒は、明治の歩みと女の立場を、さらに丁寧に解説する。

『「何でも一つの専門をさだめて。それをよく勉強して。人にたかぶり生《なま》いきの出ないやよ《よ》うに《う》して。温順な女徳をそんじないやうにしなければいけません。さうす《そう》れば子孫も才子才女ができて。文明国に耻《はじ》ない新世界が出来ませう《しょう》と。或方《あるかた》がおっしゃい升《まし》た』

嘉志子は、「或方」の文言が引っ掛かる。

以前、聞いた覚えのある話だ。

巌本に違いない。『藪の鶯』第十回では、篠原浜子が夫の帰りを待ちつつ、『女学雑誌』を読んでいた。

（巌本様の説は、女学生の支持を得て、小説の中でも取り上げられている！）

女学生たちは、服部の言葉を受けて次々に話し出す。

『斎藤「ア、いやだワいやだワ。あたしはそんなことを聞くと。ほんとにいやになってしまアー。一生懸命で学問しても。奥様になりやア仕事したり。めんどくさくっていやだワ。わたしやア独立して美術家になるワ。画かきになるワ……』

別の生徒は、理学者、文学好きだから文学士と結婚してともかせぎ、と。もちろん、卒業すれば奥様になると宣言する生徒も。

そこへ、御昼飯《おひる》を知らせる柝《たく》がなり、女生徒たちは一斉に食堂《じきどう》へ駆け出して、第六回は幕となる。

（食欲も旺盛。なんと可愛らしい女生徒たち！　一人一人が、自分の人生は自分で切り開こうと決意している様は、立派です）

まだ、年端《としは》のいかない妹のような女生徒たち。実際、どんな人生を歩いて行くのだろうか？　嘉志子は感慨深い。

それにしても、女学生の会話は、巌本の『薔薇《しょうび》の香』連載第八回、「校内のうわさ」の場面を彷彿《ほうふつ》させる。

（意識しないまでも、作者花圃様のお心に残っていましたね）

『藪の鶯』に登場する女学生たちは、巌本の教え子であり、嘉志子の妹分のような存在であるに違いない。

後日、巌本と話した折に、『藪の鶯』が話題に上った。

なんと、花圃女史は、本名を田邊龍子《たなべたつ》と言い、二年ほど前には《明治女学校》の生徒であったという。

名家の令嬢でもある。

令嬢にして、時代の先を見る目を持っているとは。なんと頼もしいことか。

嘉志子は、改めて納得する。同時に、女性にとっての新しい時代の到来と、新しい才能の芽生えを強く感じた。

(5)

七月初旬の日曜午後、フェリス・セミナリーの礼拝室で、婚約式が執り行われた。

司式は、ユージン・S・ブース師（校長）。

オルガン演奏は、音楽の授業も担当しているミス・タムスン。

証人は、中島信行・岸田俊子夫妻。

ブース夫人を始めとし、フェリスでの親しい同僚であるミス・リーラ・ウィンなど数人の同僚が参列した。

唯一の親族として、嘉志子の妹、島田宮も駆け付けた。

参列者一同による讃美歌の斉唱に続いて聖書朗読となる。

まず、ヨハネの福音書十五章の一節から。

『……わたしは、まことの葡萄《ぶどう》の木、あなたがたはその枝である。……わたしの愛のうちにいなさい。……』

嘉志子は、そっと巌本を見た。

続いて、コリント人への手紙、第一の十三章一節から十三節。

『たといわたしが、人々の言葉や御使たちの言葉を語っても、もし愛がなければ、……』

熟知している「愛の章」の文言。しかし、嘉志子には、新鮮な響きだ。

ブース師の言葉は粛々と続いた。

四節からは、何が愛であり、何が愛でないのか、詳細に語られる。

嘉志子は、ことさらに耳を凝らした。

七節、『そして、すべてを忍び、すべてを信じ、すべてを望み、すべてを耐える』こそ、実力に違いない。

愛は人に対して忍耐強く（makrothumeo）、同時に情勢に対しても耐える（hupomeno）

のだ。ギリシャ語Makrothumeo《マクロトゥーム》は、人の人に対する反応、間違いや他人からの挑発でさえ、報復せずに我慢強く耐える、と習った。

(言葉を職業の術《すべ》となさる巌本様との婚約と結婚。困難な道を行く覚悟です)

『……このように、いつまでも存続するものは、信仰と希望と愛と、この三つである。このうちで最も大いなるものは、愛である』

十三節を以て、聖書朗読は終了した。

式は祈禱《きとう》、式辞、誓約へと進んだ。

ブース師が尋ねる。

「巌本善治兄弟、島田嘉志子姉妹、あなたがたは今、神の御前で、この婚約が神の御心であることを認め、将来、定められた良き日に結婚することを誓約しますか? ……」

二人で声を揃えて、「神の御前に誓約致します」、と答えた。

結婚式は、来年七月。再び中島夫妻を証人にお願いして、海岸教会で執り行う計画だ。

「お友達もたくさんお招きして、盛大に致しましょう」

湘烟女史は既に張り切っている。

⑹

七月十二日、東京高等女学校の卒業証書授与式で、文部大臣の森有礼が祝辞を述べた。

七月二十八日発行の《女学雑誌》百二十号は、いちはやく、祝辞全文を掲載した。

嘉志子は、読み終えて、しばし感慨に耽った。

森の祝辞を読む様が、あたかも会場で耳を傾けているかのように、胸に迫る。

祝辞は、東京女学校が設置された趣旨から始まっていた。

前後、二段落に纏められた森の論理は、明快だ。

そもそも、国家は男女を以《もっ》て成立していて、国家が行う教育の半分は女子教育である。女子教育は男子教育に比べて、さらに力を注がなければならない。賢良な女子でなければ、賢良な慈母にはなれないからである。

人の性質を賢愚どちらにさせるのも、いかに女子を慈母と教育するかの成果による。

森は言葉を補う。

女子は実に、天然の教員であり、天然の教員である女子の教育が十分でない間は、国家は教育に責任を果たしているとは言えない。

他の論者とは比べ物にならない説得だ。

女子教育の進歩は国家全体の文明の進歩に連結していると、前段を結んだ。

後段は、嘉志子の発想を遥《はる》かに超えていた。

まず、日本の現今の女子は、特に困難なる地位にいるとの認識を示す。

妙齢《みょうれい》の女子の多くは父母の決めた相手の許に嫁ぐ。嫁ぐ先は、十中八、九、数個の夫婦が一家をなして生活を共にする、日本の変わろうとしない古い体質の家族制度の許だ。

この女子の地位とは、日本に於いて昔日《せきじつ》にはなく、今日にのみある境遇であり、後世にはないであろう。欧米諸国に於いても、かつて人々は経験していないという。

（森先生は、今日の日本の家族制度が崩壊する運命にあると、お見通しでいらっしゃる）

しかし、森は続けて、この慣行は、おそらく、なお数十年は続くであろうと述べた。

嘉志子の感動は、大きな落胆に変わった。

森は、嘉志子の落胆を承知の上とばかり、卒業生に覚悟を求める言葉を連ねる。

本日卒業の諸子は、現今の日新開明の世に遭遇《そうぐう》し、殊《こと》に学校の恩恵によって女子の本分を学んだ。また、妻となりても、一家の経済から交際の要《かなめ》、国家の務《つとめ》までもわきまえる立場だ。

一方で、舅《しゅうと》姑《しゅうとめ》は、嫁の知るものを知らない。

一家の生活を円満なものにするか否かは、嫁の心得方《かた》如何にある。相争《あいあらそ》うならば、一家に波風は立ちどころに起こるであろう。そうなると、嫁の受けた今日の教育は、かえって効果のないものとなるに違いない。

森は、執拗《しつよう》に追い打ちを掛ける。

此の学校の名誉を傷つけるばかりでは済まない。

舅姑に対しては、昔日《せきじつ》の習慣を、忍んで受け入れる決心を持たなければならない。今日の苦労は、他日、善良なる新日本国を建てる上で必要な基礎であるとわきまえよ……。

嘉志子は、反駁《はんばく》できない。

確かに、国を導く女子となるならば、結実は数十年先であっても、志を高く掲げて進まざるを得ないだろう。

森は、卒業生に、祝辞として、困難な道を行くように求めている。わが身を犠牲にせよ、とまで。

（なんという非礼。いや、卒業諸子を信じればこそ、同志としての声援に違いない）

儀礼の祝辞ではない、熱い心情の吐露《とろ》である。

嘉志子は、明治七年に発表された森の『妻妾論《さいしょうろん》』を思い出す。

かつて、『妻妾論』で女たちの立場を思い、今、東京高等女学校を卒業する若い才能に、未来の冀望を託したのだ。

⑦

嘉志子は読み終えて、改めて、巌本の意図を推し量る。

第一に、祝辞の内容を世間の広い範囲の人々に伝える、直《じか》の効果を狙ったに違いない。

第二に、『女学雑誌』が掲載する事実が、《女学雑誌社》の、森大臣への強い関心と支持の表明に繋がる。結果として人々に強い影響を及ぼす、二次的な効果だ。

嘉志子は、巌本と出会った幸せを噛みしめる。

（私にも、私なりのやり方で、女たちの先頭に立つ使命があるに違いない）

(8)

八月十二日、田口(木村)鐙子の追念会が、《明治女学校》の講堂で、ささやかに行われた。

嘉志子は、盛大に執り行われた葬儀を思い返す。

(人は、亡くなって二年も経てば、忘れ去られるのでしょうか？　巌本様のお心の中には、しっかりと息づいていらっしゃる。……それで好いのです)

一方で、夫君であられた熊二は出席されない。

嘉志子は、やはり納得できない。しかし、巌本に尋ねる振る舞いは憚《はばか》られた。

(いくら、ささやかな会でありましょうとも、熊二様が再婚なされていらっしゃいましょうとも……)

温厚な紳士とお見受けする熊二。『女学雑誌』にしばしば寄稿される文章も格調が高く、味わい深い。若い女性を育《はぐく》む優しさが込められている名文だ。

巌本と熊二は、お互いを認め、敬意を払っている。だからこそ、『女学雑誌』に熊二の文章は掲載されるに違いない。

しかし、熊二は、《明治女学校》に足を踏み入れない。依然として、校長でいらっしゃるのに。

嘉志子は、無理やり疑問を収めた。今の自分には分からない、人生の奥深さがあるのだろう、と。

八月十八日発行の『女学雑誌』百二十三号には、叢話として、『故木村鐙君二周忌日』と題した小文が載せられた。

⑨

九月、父の勝次郎が亡くなった。

連絡を受けて嘉志子は駆け付けたものの、悲しみの情に包まれはしない。人の一生とは儚《はかな》いものだと思うばかりだ。明日になれば、何事もなかったように、嘉志子はフェリスの教壇に立つ。

（……私は薄情なのだろうか？　いや、違う）

思い返せば、勝次郎と過ごした記憶は、ほとんどなかった。

勝次郎は、あくまでも戸籍上の父であった。父親の持つであろう暖かい温《ぬく》もりや、勝次郎が負ったであろう幕末の苦難を、嘉志子は知らない。たとえ短い期間でも共に暮らしていたならば、違ったのかもしれない。

（私が覚えていないだけかもしれない。幼過ぎたのだろうか？）

嘉志子が生まれた元治元年（一八六四年）、勝次郎は既に会津には、いなかった。

会津松平家は遡《さかのぼ》る文久二年（一八六二年）、幕府から京都守護職を命じられた。主の松平容保《かたもり》以下千人が、京都に赴任していた。

士族四人に一人の割合になる。勝次郎も容保に随行し、以来、隠密《おんみつ》になったと聞いた。戊辰《ぼしん》の年（一八六八年）、明治と改元される半月前の慶応四年八月二十三日の朝、会津若松は新政府軍の急襲を受けた。

嘉志子は四歳になったばかりだった。祖父も既に出陣し、家には女だけが残されていた。早鐘《はやがね》を合図に、士族で籠城《ろうじょう》する者は、三ノ丸に集まる手筈《てはず》だった。しかし、早鐘が鳴った時には、敵は既に城下に攻め入っていた。

自宅から目と鼻の先の城門は、閉められてしまった。

嘉志子は、身重の母と祖母の三人で、避難する民衆の群れとともに、銃砲声の轟《とどろ》く中を彷徨《さまよ》った。

城下を逃れ、とあるお宮まで来た時、妹が生まれた。宮《みや》と名付けられた。

四歳の記憶は、ここまでだ。

明治三年（一八七〇年）、嘉志子が六歳の時に、母は亡くなった。会津の自宅を逃れて以来の、流浪《るろう》の記憶も定かではない。ただ、母が亡くなって、妹とも、祖母とも別れた。

嘉志子は、横浜・関内に本店を構える生糸交易商・山城屋《やましろや》の大番頭である、大川甚兵衛《じんべえ》の養女となった。

嘉志子の人生は、大きく動いた。

横浜に移り住み、『ミス・キダーの学校』に入れられる。文明開化魁《さきがけ》の地で、西洋流の教育を受ける機会に恵まれた。勝次郎が、大川甚兵衛に嘉志子を託したに違いなかった。嘉志子は二人の関係を知らない。

なぜ自分が横浜に暮らすのか理解できない嘉志子は我儘で、おまけに勤勉な生徒ではなかった。

勝次郎と再会したのは、皮肉にも山城屋が倒産し、大川家没落の後だ。大川家は、明治六年、東京に移住し、下谷で窮乏《きゅうぼう》生活を送っていた。

事情を知った勝次郎は、旅費の工面に奔走《ほんそう》し、ようやく上京する。大川甚兵衛と相談の上、嘉志子を横浜のキダー女史に預けることにした。奨学金の給付制度ができると知った上での決定だ。

話が纏《まと》まると、勝次郎は、その夜のうちに北の地へ帰って行った。

勝次郎が来てくれさえすれば、一緒に帰るつもりだった嘉志子は、再び取り残された。求めても、求めても、嘉志子にとって、家族とは捉えどころのない幻に過ぎなかった。

（私には、血の繋がった家族は、いないも同然です。宿命に違いありません）

明治八年、十一歳になった嘉志子は、一人で横浜に戻った。寄宿寮が完成し、『フェリス・セミナリー』として新たに開校した、キダー女史の学校に、再入学する。

以来、キダー女史を母と慕い、勉学に励んで来た。勝次郎との再会は、十年後になる。

勝次郎が、妹の宮《みや》と、再婚した妻の希《え》い、九歳になる長男の一《はじめ》を連れて、上京した。

嘉志子は上京を知ると、勝次郎が住まいとした麻布の家に、飛んで帰った。

勝次郎が、養家先からの離籍《りせき》の手続きを取ってくれた。

嘉志子は、明治十八年七月三十日付で、晴れて勝次郎の許に復籍する。

勝次郎は、何か商売を始めるつもりで東京に出たようである。だが、結局、うまくいかなかった。勧められても、官職にも就かない。酒を慰めにして日を送り、不遇《ふぐう》のうちに他界した。

(また、お宮《みや》と二人だけ取り残されてしまいましたね)

勝次郎の波乱の人生は幕を閉じた。しかし、戦乱の中に命を落としたのではない。穏やかな晩年とも言える。

(私の、会津の家族の物語は、完結しました)

嘉志子は、思いを新たにする。

(私は、私の新しい家族の物語を紡ぐ。巌本善治と歩いて行く)

第三章　新しい風

⑴

爽やかな秋風が吹く季節を迎えた。見上げる空も、抜けるような青だ。

心に鬱屈《うっくつ》がない秋とは、言葉にならない穏やかな毎日だと、嘉志子は実感する。

十月、フェリスで、「時習会《じしゅうかい》」の三周年記念行事が行われる。

嘉志子が「時習会」と名付けて始めた文学会は、全校を挙げての事業に発展していた。

十月二十一日は、「時習会記念日」と名付けられている。授業も、休業となる。

嘉志子が、会の冒頭に挨拶をする次第だ。

今年は、知力分野に働く女性の専門家を養成したい、と述べるつもりだ。女性史にとっても、画期的な声明になるだろう。

嘉志子には腹案があった。昨年秋、アメリカの、バッサー・カレッジから求められて纏めた『日本に於ける女性の現状』だ。今年、二月、『女学雑誌』にも英文付録として掲載されている。

（今度は、私が、日本語で主張する。何度も訴える必要があります）

昨秋の困難が思い出される。だが、今の嘉志子には、生活全般に余裕がある。

(私は、フェリスの名誉のためであっても、背負いきれない重荷は、もう負わない。正確には、負えません)

熱海での静養の日々も懐かしく思い出された。

(2)

巌本善治は、八月十八日発行の『女学雑誌』百二十三号から、『哲女《てつじょ》の巻』と題した小説の連載を始めていた。

「第一章、繪合《えあわせ》」は、扶桑《ふそう》大学評議会の議事から始まっている。

嘉志子は、読んだ途端《とたん》、混乱した。

(登場人物が多すぎる……)

渡《わたり》総長以下、竹園博士(動物学教授)、田邊《たなべ》博士(植物学教授)、麓《ふもと》理学部長、霞《かすみ》文学部長、勝《かつ》大学顧問が、一人の女学生を大学に入学させるか否かを、議題にしていた。

大学で、生物学を専攻したい女学生が提出した論文は、なかなか良い出来のようだ。

しかし、嘉志子に内容の理解は難しい。

勝大学顧問は指名を受けて、重々しく言葉を発する。

『其のエッセーの中で、その、ライフ(生氣)のヲリヂン(元因)の所は中々面白いジャ《じゃ》奈《な》いか……』から始まり、『……夫《そ》のバシビアス、セヲリーは天の浮橋《うきはし》と共に斷絶して、最早此處《もはやこゝ》より彼處《かしこ》を接續《せつぞく》するの縁《えん》を失《うしな》へり……』

勝は更に言葉を繋ぐ。

『然し余《よ》は敢《あえ》て土塊《どかい》が生物に化生《かせい》することなしと斷言するものにあらず、又敢て斯《かく》の如く斷言し得《うる》ものにあらず、思ふに何れの學者と云《い》へども、今ま大膽《だいたん》に如此《かくのごと》く斷言《だんげん》するを得《う》るもの決して之《これ》ある可《べ》からず。但《ただ》哲學者、理學者が相《あい》混雜して、往々其の分限外……』

嘉志子は、ここまで読み直して、閃《ひらめ》いた。

女学生が理学者で、第二章以降に、女学生を援助する哲学者である男性が登場するに違いない、と。

女子学生の名前も示されず、秦無極《はたむきょく》（新天文学の開祖）が、女子学生の親戚筋《しんせきすじ》である事実だけが示されて、第一章は終わっている。結局、女子学生は入学を認められない。

（善治様、女子学生をお守り下さい。今後を期待していますよ！）

（3）

翌週に掲載された第二章を読んで、嘉志子は、自分の勘《かん》の正しさに得心《とくしん》する。

女子学生の名前は四條哲《しじょうてつ》、哲学者である男性は年少學士とだけ明かされた。

冒頭から、男性と女学生の心に響く掛け合いが続く。

男性は、女子学生に、おもむろに、今から述べることを、親友の真実なるハート（心情）を以て聞いてほしい、と伝える。

女子学生は驚きつつも、真実なる友人として、承諾できる限りは受け入れましょう、と応えた。

男性は、一気に、一生の妻として、と願う。

昏惑する女子学生に、男性は畳みかけた。

『卿《あなた》の生物學の研究は私も出來《でき》る丈《だ》け助けませう、卿が女流の為めにお盡《つく》しなさることは、私も出來る丈け助けませう、卿の志《こころざし》を一つでも曲げて下さいとは申しません、又卿の品格を一つでも落《おと》して下さいと申しません、只茲《ただここ》に私がホールハート（全心）を擧《あげ》て卿尓《に》呈する代《かわ》りに、卿の神聖なるラブ（愛情）を私に與《あたえ》へて下さいと申すので、イエ《いえ》今與へて下さらずとも……』

嘉志子は心の中で、密《ひそ》かに拍手喝采《かっさい》した。

（やりましたね、巌本様。作品中の年少學士と、『薔薇《しょうび》の香《かおり》』の青山哲《あおやまてつ》。二人の男性主人公の人物像には、大きな違いがありますね。気鬱な青年は、女権論者に進化しています。……ただ、連載第二回で、ここまで年少學士に語らせてしまって、宜《よろ》しいのですか？）

ふつふつと、喜びが湧いてきた。

巌本善治は、小説の中で、生物学の研究、真理の追求、女権伸長、女子独立と、年少學士が四條哲に語る形で、嘉志子や多くの女性を励ましている。

（嬉しいです。私が男性に求めていた、完璧《かんぺき》な答えですわ！）

愛情の表明を強く巌本に求めた、五月の逢瀬《おうせ》。『女学雑誌』の誌上での、すれ違ってしまったような二人のやりとり。湘烟女史の様々な援助。

嘉志子の心に、横浜に帰ってからの出来事が、次々と浮かんだ。

第二章で、求愛の物語だと手の内を明かしたからには、今後に波乱があるに違いない。

（巌本様の物語が一筋縄《ひとすじなわ》でいくはずは、ありません）

それでも嘉志子は、連載の今後が楽しみでならない。幸せな結末を確信する。

④

湘烟女史は休むことがない。

（華奢《きゃしゃ》なお体で、どうして、あのようにご奮闘できるのだろう？）

婚約式を終え、親しさの増した嘉志子の、女史に対する率直な感想だ。

「自由結婚」をした夫君、信行の仕事を助けつつ、自身も主体的な生き方を貫いている。

（「ご自分のことはご自分で」と、信行様の、お身の回りへの、直々のお世話は、なさらない。……世間には、夫の靴足袋《くつたび》まで履《は》かせる妻も多いのに）

時に教壇に立ち、講演をし、執筆もする。洋の東西を問わず、古典から現代の作品まで、幅広く読みこなす。新聞・雑誌も。

我が国の政治の現状ばかりか、関連する支那問題にも詳しい。問題点を捉えて、直ちに鋭い論評を加える力を持つ。論点を揺《ゆ》らしはしない。

漢詩を詠み、草書を得意とし、画も玄人《くろうと》はだし。

弟子を教育し、使用人の差配も一手にこなす。

しかし、嘉志子は、さらなる湘烟女史の働きを知り、心底驚いた。

(尋常《じんじょう》ではありませんよ)

深夜、全ての家事を終えて後、帳簿に一日の金銭の出入を記すという。毎日、一銭も違えずに。

結婚当初、中島家の内情は極貧《ごくひん》に近かった。

先妻は療養の末に亡くなり、三人の忘れ形見を教育しなければならない。信行の収入も定まらず……。

女史は家計を切り詰め、無駄《むだ》を省いた。

纏まったお金ができると、安い土地や家作《かさく》の落手資金に充《あ》てる。

中島家の家計を立て直す策を次々と立て、実行した。

「嘉志子さん。あなたも、婚約が調《ととの》ったのですから、家計の管理を勉強なさい。何かあった時に、手元に纏まった資金がないと、行動できませんよ」

嘉志子は「はい」と、返事はしたものの、自信はない。

女史の言葉に、止《とど》めを刺された。

「私たちの夫は、そもそも、お金儲けを人生の目標には、していませんから。妻たるものには、覚悟が必要です」

(5)

湘烟女史は、九月二十二日発行の『女学雑誌』百二十八号に、『婦人の文章』を発表する。

『……今や婦人の著作群を趁《おう》ふて出んとするに当り（続々と発表されるに当たって）念頭偏《ひとえ》に読者の感じ薄きを恐れ（強く印象に訴えたいとばかりに）却《かえっ》て巧みに失して優趣雅潔の筆を汚すなからんことを望む』

小説家を目指す女性を守りたいと切望する女史の言葉が、嘉志子を頷かせる。

(6)

十一月二十四日発行の『女学雑誌』百三十七号からは、四週続けて、『婦人の徳は余韻《よいん》にあり』が掲載された。

《明治女学校》で開かれた『文学会』を参観後、女史が行った講演の筆録だ。

女史は、開口一番、会を称賛し、生徒を激励した。

あなた方は、今日とても立派にできたが、今後さらに進歩すると、私は信じている。大いに進歩する力を持っているのが、日本婦人の長所の一つである、と。

女史は激励後、話し始めた。

話の中心は、『婦人は如何云《どういう》ふ所が善《よ》い（か）、婦人の骨髄《こつずい》は何処《どこ》にあるか、婦人でなくてはできないと云ふ所ろは何か』だ。

女史は様々な例を示してから、『婦人は、画《か》くことも出来ず作ることも出来ぬと云ふ、一種美妙なる神髄を有すべきもの（持たなければならない存在）であります』と、繰り返し述べる。

さらに、『一種美妙なる神髄』の形状《ありさま》を、『例えるならば、夏の日に驟雨《しゅうう》がサッと降通って、跡にボウと霞が立つ、山は青々として居りながら、此処に模乎《もこ》たる風景が現れる……』と説明した。

言葉を換えては、『山寺のある辺りを通行して見れば、木葉は落ち、日は暮れ、さみしくて友もない、其の時ボウサンが上に登って鐘を打つ、既に（あなたが）降りて行くあとより鐘の余音《よいん》は之《これ》（あなたを）を追ふて来る、此処《ここ》の余韻である』と。

婦人は、さみしさに一種の味わいを付け、悲しみに一種の香ばし味を付けられるという。ただ一つ一つ任じたる役割を以て、之を正直に行うのが人間の義務である、と。

（禅問答のようです。でも、お気持ちは察したつもりです）

講演の終盤は、聴き手を圧倒する感動を与えたに違いない。

まず、女学生を、鉄道の駅で汽車を待つ身に例えた。

乗り込んだ汽車の行先は、女学生には分からない。

もし、既に、西へ行く汽車に乗ってしまったならば、たとえ東に行こうとの志を持っていたにせよ、東を思って泣いてはならない。汽車の内には同行者がいるだろう。その人の楽しみを損ない、却って婦人の長所である余韻を損じてはならないのだ、と。

講演の末尾は、再び激励の言葉だ。

行く手に、どのような困難が待ち受けようとも、この学校で養成した剣を以て、道を開き、心安らかに前進せよ。そうして、決心せよ。私は心配しない、私は余韻を損なわない、余韻を添えるのでなければ決して泣かない、と。

嘉志子は、読み終えて思う。

女史は、ご結婚なさって少し穏やかになられたようだ。『自由の燈』に発表された『同胞姉妹に告ぐ』に比べたら。母の優しさだろうか。

⑦

巌本の連載小説『哲女の巻』は、佳境《かきょう》を迎ええつつあった。

年少學士の春日剛は、四條哲の叔父、秦無極の数々の悪行を暴いた。追い詰められた無極は、自ら毒を呷《あお》った。真実を知るも、親の遺産も失った四條哲は、心身共に深く傷ついた。今は、春日剛の屋敷で、養生の日々を送っている。

嘉志子は、多才な厳本に敬意を表しつつ、連載を楽しんでいる。

（予想通り、波瀾の流れですね。哲女の次なる行動は？　春日の許から離れて自立を目指すに違いありません。このまま、二人が結ばれるのでは、あまりに面白くありませんわ）

実際、哲女は、剛に手紙を残して、無極の忘形見の好子を伴い、横浜に移り住んだ。

年末、二人の住まう茅屋《ぼうおく》は、雪に埋もれている。哲女は、その家の一室で、一人、当地の教会の牧師の、説教原稿の清書に励んでいた。一枚につき五厘の収入となった。

一方の好子は、教会で働き、茅屋での家事一切も引き受けていた。

京浜間を往復する午後五時発の汽車も通過した。

哲女は、帰って来る好子のために竈《かまど》に火を焚《た》きつけようとする。だが、上手くいかない。

そこへ帰って来た好子は、昼間に見た時事新報の雑報を話にした。

哲女は《華族女学校の》教頭に招聘《しょうへい》され、剛は官職を辞して、《国民学院》と名付けられた私立英学校を開校する風聞《ふうぶん》なり、と。

二人は驚きつつも、剛の新たな出発を喜んだ。

ささやかな夕餉《ゆうげ》を済ますと、雪が降りしきるばかりで、辺りには音もない。

その時、戸を叩く音がして……。

嘉志子の胸の鼓動は一気に高まった。

（やっと剛氏の登場ですね。私も、お待ちしていましたよ）

剛は、《華族女学校》へ明日出頭せよとの、自身が預かった手紙を届けに来た。哲女は落ち着いて、自分を生かす場ではないと、鄭重《ていちょう》に断る。

するると、剛は、「ここにもう一つ、私が持ってきたものがあります」、と。

好子は隣の部屋へと、席を外した。好子が再び現れた時、部屋の中は春のようで、哲女と剛は握手していた。

哲女は顔を輝かせて、好子に告げた。

「私たちは、ここに、契約を致しました」

十二月二十九日発行の『女学雑誌』百四十二号で、『哲女の巻』は大団円《だいだんえん》を迎えた。

場面は、一年後の麹町区一番町、剛の屋敷へと一気に転換した。

西洋風の客間で、剛の親友、高木、森、宮本の三人は、談笑の中にも、気遣う様子だ。好子と思われる若い娘が、部屋を出たり、入ったり。宮本は、隣室に耳を欹《そばだ》てる。

「宮本君、どうだ危ないのか」

「そうでもないようだが、しかし、軽くもないようだ、どうかうまくゆけばよいが」

嘉志子は、ようやく理解した。

（哲女のお産の場面ですね。うまく進んではいない？）

やがて三人は、剛と哲の結婚生活を話の種にした。夫婦の配剤は、実にうまく調合ができているものだ、と。さらには、哲の家政の采配の見事さも褒め、剛の哲学者としての仕事ぶりよりも、哲を見出したことが、最大の見識だと結論付けた。

嘉志子は可笑しくなった。

好子が満面の笑みを浮かべて走り出てきた。続いて剛も悠然として現れる。剛が話し始めようとした時、隣室から、「オギャー、オギャー」と、赤ん坊の泣き声が。

部屋中に、陽春《ようしゅん》の表徴が満ち溢れた。

嘉志子は、心から嬉しい。

(赤ちゃんが誕生したのですね……)

巌本と嘉志子の幸せな結婚を暗示して、物語は完結した。

年末、木村熊二夫妻は、高輪南町五十三番地の奥平邸内に落成した新居に移った。

第四章　花嫁のベール

(1)

明治二十二年が明けた。

巌本は、月に一度の刊行では十分な講述はできないからと、『通信女学』の発行形式を変えた。一月五日発行の『女学雑誌』百四十三号から、『通信女学』を『女学雑誌』本体の付録とした。

従来の時事問題に重《おもみ》を置いた社説・論説、新刊書の批評、内外時事などの記事と、『通信女学』の、日々の暮らしに直接役立つ記事が、厚い一冊になって刊行された。

嘉志子も、十五年を過ごしたフェリスを離れて、人生の新しい一歩を踏み出す。

フェリスは昨年末、南校舎・西校舎が竣工し、第二次拡張工事が落成した。同時に、三百人収容の大講堂も落成する。多額の寄付をした人物の名に因んで、ヴァン・スカイック・ホールと名付けられていた。

六月には、フェリス創立十四周年を祝う儀式が、ヴァン・スカイック・ホール献堂式として、行われる予定だ。嘉志子は祝辞を披露する。

七月には、待ち侘びる結婚式。秋には、巌本との生活を始める。教職を退いてできる時間を、何に費やすか？

嘉志子は、創作を柱にしようと考えている。

「嘉志子さん、執筆に専念なさい。家事は脇に置いて構いませんよ」

巌本からたびたび掛けられる嬉しい助言だ。そのたびに、『竈に火を焚きつけられない哲女』を想って苦笑する。

実際、家事一般は不得手だ。結婚を控えた若い娘たちがするであろう習い事も、してはいない。しかし、嘉志子は、巌本と《女学雑誌社》を支えようと、密かに決意している。

記者たちの食事も含めて賄いをし、掃除などの雑事をする女中がいるようだ。それなら、嘉志子は、巌本の身の回りのちょっとした世話をして、休日には、洋風の茶子《ちゃのこ》を二人分、用意したい……。

結婚生活への期待の一方で、嘉志子は、時代の空気の微妙な変化を感じていた。

大日本帝国憲法の発布式が目前に迫っていた。

嘉志子は、時に一人で、憲法について思い悩む。

（女性にとって好い、巌本様の努力が報われるものであるように）

(2)

憲法が発布される二月十一日は、国中が祝賀一色となった。

この日、フェリスでは、午前十時より礼拝を済ませた後、湘烟女史が祝賀演説をした。女史は、演説を、『……立憲政治の始まる今日の良き日より、女子は男子と同じく政治に関心を持たなければなりません』、と纏めた。

式典の終了後、嘉志子は一人で、学校の敷地の外れの松の根方に佇んで、海を眺める。

（憲法前文を、巌本様はどうお読みになったかしら？）

立春とは名ばかりで、光は弱く、海から吹き上げる風は冷たい。

丘の下からは爆竹と花火の爆《は》ぜる音、楽隊の奏楽も聞こえてくる。港に停泊する船は皆、諸外国の国旗で飾られていた。

新聞は各紙ともに速報を競い合った。

（誰のためのお祭り？　女性の参政権が認められない憲法を、誰が祝っているのだろう？）

翌十二日は、昨日の祝賀記事を一転させて、各紙、森有礼文部大臣の死を報じた。

大臣は、式典に参列するために自宅玄関を出た所で、国粋《こくすい》主義者の西野文太郎に、肝臓の急所を刺された。手当てが施《ほどこ》されたが、短刀で刺された傷は深く、十二日早朝に息を引き取ったという。

嘉志子は一読して、血の気が引くのを感じた。ただ、恐ろしいと思った。

（なんとお労《いたわ》しい。あれほどの情熱をお持ちのお方《かた》が。悪い事件が続かなければ好いが）

大臣の、東京高等女学校の卒業証書授与式での祝辞が思い出された。次いで、同志を失った巌本の落胆を想った。

巌本は、二月十六日発行の『女学雑誌』百四十九号に、『森文部大臣薨去《こうきょ》』と題した文章を載せた。

『……国家の為に此の魁剛《かいごう》なる一大臣を失なひたるは深く痛惜《つうせき》すべし　然れども吾人は更に明治六年に男女同権論を主唱したるの卓論家として、又近年特に切に女子教育に尽力せられたるの文部大臣として太《い》たく其の早世を憾《うら》むもの也　噫《ああ》悲しひ哉《かな》』

嘉志子は、文面に込められた巌本の静かな怒りを思えば、腹立たしさが増した。

憲法発布の祝日に、文部大臣さえも守れないとは、この国の統治の制度は、欧米諸国に比べて、大きく遅れている。襲撃した男は、国粋《こくすい》主義者の無頼漢《ぶらいかん》だ。

女性の地位を引き上げようと、真剣に尽力した大臣の非業《ひごう》の死は、女性にとって大きな打撃となるに違いない。

（３）

発布された憲法の条文の多くは、嘉志子の目から見ても、思いもかけない、男性中心の思想そのものだった。

啓蒙活動に努めてきた『女学雑誌』の記者たちには、大いなる驚愕で、失望だろう。最後まで抱いていた期待も皇室典範の明文によって、完全に裏切られたに違いない。

巌本は、二月二十三日発行の『女学雑誌』百五十号の「新報」欄で訴えた。

『此度公定あらせられたる憲法及び典範に於て特に女系の登践を禁止せられたるは何故なるか。多くの新聞記者は之を解して曰く、其理由を知らず。……第一章第一条に、大日本国皇位は祖宗の皇統にして男系の男子之を継承すとあり、……既に如此き明文を皇室典範に定められたる以上は、今後日本帝国の皇統は悉《ことごと》く男系に限るものとなれり。最早議論もなし』

議論の余地のない、強力な国家権力によって打ち立てられた、男尊女卑の思想。それでも、《女学雑誌社》は、第二の期待を、来たるべく民法制定に懸ける。

巌本を先頭に、記者たちは声を揃える。

「財産相続論・離婚法・姦通罪の男女差別是正等々は、これからが勝負だ。理論で負けてはならない」

時間の猶予は一年弱。同時に、国会開設を控えての政策論争にも備えて、政治論に力を注ぐ決定をした。

昼夜を問わず議論が戦わされ、上部読者層を対象とする論説記事は、以前にも増して高度なものとなる。必然的に、『女学雑誌』で学ぶ一般読者との距離を置く結果になった。

嘉志子は、密かに危惧《きぐ》する。

「巌本様、以前、『女学雑誌』の発端は、《明治女学校》で学ぶ生徒と保護者だと伺いましたわ。彼らを啓発するのだと。今では、時代を代表する総合雑誌です。同時に、格調高い婦人雑誌。なればこそ、一般の女性読者が付いていけない、理解が難しい記事を増やすことは、……心配です」

「嘉志子さん、森大臣亡き今こそ、私たちは後には引けない。押し返さなければ」

勇ましい言葉とは裏腹に、巌本の表情には、深い疲れが見えた。

嘉志子は、何の支えにもなれない自分が恨めしい。

五月四日発行の『女学雑誌』百六十号から、付録の『通信女学』は、廃止された。

⑷

湘烟女史は、夫君のための活動に力を注いでいるらしい……。嘉志子の耳に、何処からともなく噂が入って来る。

嘉志子は活動の意味を理解できずに、巌本に尋ねた。

巌本は、「嘉志子さんの耳にも入りましたか」と苦笑してから、教えてくれた。

「湘烟女史が、今一番に手に入れたいものとは何か、想像してみて下さい」

「小説家としての名声でしょうか?」

「それも含まれるでしょうが。……憲法の発布と同時に発表されたものは?」

「衆議院議員法ですわ。来年の秋には、国会が開設される。選挙が実施される。……分かりました。信行氏を衆議院議員に当選させるための活動ですね。でも、女史が演説を？」

巌本は、微かに笑って答えた。

「ご夫妻ともに制限選挙となることを見越して、準備を進めてきたと思われます」

嘉志子は、やっと腑《ふ》に落ちた。

議員法は、被選挙人になるためには、男子満三十歳以上にして満一年以上その選挙府県において直接国税十五円以上を納めるものである、と定めている。財産家でなければ、立候補は、できない。

「何かあった時に、手元に纏まった資金がないと行動できませんよ」、と助言してくれた女史の言葉が思い出された。

かつて、巌本が『女学雑誌』に『姦淫の空氣』を載せた時に、執筆を促したのは、どうやら女史であったようだ。

総理大臣の伊藤博文邸で舞踏会が開かれた夜更け、女史は一人で、強姦事件の被害者である戸田伯爵夫人に面会を求めたと聞く。夫人に被害届を出して、権力者と戦う行動を勧めたかったのだろう。

伊藤と夫の信行は、親しい間柄だ。自身の離婚を覚悟したうえの単独行動に違いない。

女史は、結婚していようが、いまいが、いかなる時も、自立を貫いてきた。

その女史が、夫君を国会議員に当選させるために、自身は一歩引いて、家計管理に精を出す。

時代が動いている。信行はもちろん、女史の内面も動いて当然だ。

しかし……。嘉志子は、割り切れない思いに、しばし包まれた。

(妻の献身とは何なのだろうか？　結婚して夫妻が結ぶ良き関係とは？)

湘烟女史が幸せである事実が大切なのだ、と思い至った。

(5)

湘烟女史の二作目となる小説『山間の名花』が、文芸雑誌『都の花』に連載された。

小説の主人公、高園幹一と芳子夫妻は、佇まいも生きざまも、信行と女史のようだ。

実際、幹一を志の高い在野《ざいや》の政治家とし、美しい顔立ちの芳子にも、女性の地位を守るために奔走した過去を持たせている。

文壇の批評は悪くない。

『善悪の岐《ふたみち》』を酷評した『以良都女《いらつめ》』さえも、『……全編の眼目する処、最もしたしい、貴い、あいらしい夫婦間の愛、これが全くの脈です』、と褒《ほ》めた。

嘉志子は、ほっとした。主人公夫妻の相思相愛の情が物語の核心とする批評に頷く。

女史は懸命に、言文一致体への脱却を試みていた。

まず、会話文に工夫があった。口語体として、人物ごとに行も独立させている。

地の文は漢文脈。語句は美麗な漢語と古語を交《ま》ぜている。滔々《とうとう》と流れる演説口調だが、『善悪の岐』に比べたら、句読点も付き、極めて読みやすい。別人の文章だ。

ただ、中国や日本の古典に詳しくなければ、ついては行けないかもしれない。

連載十回とした作品の構成にも、嘉志子は工夫を感じた。

女史は随所で、幹一と芳子夫妻の愛ある営みを、憚ることなく書いている。女史自身が、いかなる時も真剣に、懸命に生きてきたとの自負から生まれた表現に違いない。

『山間の名花』は、女史が到達し、さらに繁栄させたい女性の幸せの形の提示だろう。

愁眉《しゅうび》は連載六回。芳子と、弁護士木下暗《くらし》の妻、お蔦《つた》とのやり取りに見えた。

夫が小言ばかりと嘆くお蔦に、芳子は、男が望む、女が持っている宝について語る。

『……女が固有の和かき温かき愛でしやう。愛は非常の功能と勢力とを持て居ますよ。男子がつめたい世を渡つて凍え切た肌を愛の波で温める事が出来ますからね、男子が身を喪《うしな》つても正義の為に節を枉《ま》げないといふ決心を起こさす事も女の愛ある慰めで随分出来るのですからね』

幹一の今後の奮闘と、夫妻の絆の一層の深まりを予想させて、物語は終わった。

(6)

『山間の名花』には、複数の漢詩が詠み込まれていた。

連載八回、幹一が、国事を思い、帰る期限を切らない旅に出る。一人残された芳子の心情を詠んだ詩は、湘烟女史の詩作の才を遺憾なく表している。

深春紅痩海棠雨　　深春　紅痩《くれないそう》する海棠《かいどう》の雨
日暮緑寒楊柳煙　　日暮　緑寒し楊柳《ようりゅう》の煙
客枕与誰説情緒　　客枕《きゃくちん》　誰とともに情緒を説《はな》さむ
孤灯応独弄詩篇　　孤灯《ことう》　応《まさ》に独り詩篇を弄するなるべし

詩情画意《しじょうがい》の言葉そのままに、描かれた美しい晩春の景色と、そこから流れ出る情緒。眠れぬ夜に、独り文選《もんぜん》を繙《ひもと》く芳子の寂しさが匂い立つ。

嘉志子は、ふと思いついた。女史にとって、誰も寄せ付けない完璧な世界とは、詩作だ。女史が漢詩を詠むことだ。

(7)

六月一日、ヴァン・スカイック・ホール献堂式が行われる。

土地・校舎・設備費を含むホールの総工費は、一万六千三十六ドルで、三百人を収容する。

教師代表として湘烟女史が、卒業生代表として嘉志子が、演説する。嘉志子にとっては、惜別の辞ともなる。

嘉志子は、フェリスの恵まれた学習環境を讃え、感謝しつつも、後輩に奮起を促した。

『……フェリスの信用は、その果実である私たちの在り方如何に懸かっています。よく心して、第一に、時に応じて行動し、あらゆる機会に学ぶことを忘れないように。そうすれば、見識に応《ふさ》わしい需《もと》めが来るでしょう。その時、充分に責任を受けとめ、かつて私たちに与えられたように、与えるべく、出ていこうではありませんか』

(8)

七月十八日に、横浜海岸教会で結婚式を挙げると、日程と場所が確定した。

海岸教会は、嘉志子が十三歳の時にバプテスマを受け、以来所属している、縁の教会だ。司式者を、ブース校長が務めて下さる。

湘烟女史は、結婚式を支える総指揮官として、何事にも采配を振るってくれた。

一番に招待者名簿を作成した。親族、恩師、同僚・友人など、様々な顔ぶれになった。女史は、嘉志子のフェリスの同僚・友人を始めとし、新郎の善治と夫の信行に関わる活動仲間にも配慮ができる。

《明治女学校》の校長の木村熊二、今は亡き鐙子《とうこ》夫人の弟の田口卯吉《うきち》、民権家の植木枝盛《えもり》が出席との返事をくれた。

嘉志子の親族は、妹の島田宮《みや》、継母の松川希《え》い、義弟の一《はじめ》が、善治の親族は、養父の巌本琴城《きんじょう》範治、兄の井上藤太郎、妹の井上香芽子が参列する。

《女学雑誌社》の社員、嘉志子のフェリスの元同僚は、全員出席だ。

花嫁衣装については、嘉志子と女史とブース夫人の三人で考えた。

「……私の実家は呉服屋でしたから、お任せなさい」

質素な和装を冀望する嘉志子に、湘烟女史は、丁寧に助言する。

「白の絹で、艶《あで》やかな地紋を浮かせた反物で、着物を仕立てさせましょう。袖丈は、長過ぎず、短すぎず。長襦袢《ながじゅばん》も、帯も同様に。……帯は、半幅帯に。楽ですし、嘉志子さんの可憐な姿を引き立てますよ」

嘉志子は表情を綻《ほころ》ばせる。

「着てみたいです。ところで綿帽子や打掛は？」

「もちろん、どちらも要りませんよ。言うなれば、着物にして清楚なウエディング・ドレス姿です。髪は洋風になさい」

ブース夫人が、にこやかに引き継いだ。

「好い思いつきですね。それでは、嘉志、髪を、いつもより少し華やかに結い上げなさいな。白のベールが似合うように。……ベールは、私が手作りしますわ」

ブース夫人は、嘉志子の庇護《ひご》者に相応《ふさわ》しい言葉で締め括った。

「基督者にとって、生涯に於ける二度の晴れ姿の一つは、ウエディング・ドレスで美しく装った姿です。参列者にも見ていただいて、幸せな思いを御裾《おすそ》分けするのですよ」

新郎善治の花婿衣装は、羽織袴《はおりはかま》と三人で決めた。

(9)

ついに、当日を迎えた。

朝から快晴と言えば響きは好いが、横浜は、この年、例年にない暑さに見舞われていた。この日も例外ではない。海風さえも止んだ。

嘉志子は、湘烟女史が誂えてくれた白無垢の花嫁衣装に身を包んだ。紋紗《もんしゃ》の長襦袢に平絽《ひらろ》の着物、白地の紋絽《もんろ》帯。風も通す、涼やかな夏の着物だ。

それでも、支度を済ませれば、やはり暑い。ベールを被った額に、汗が滲んだ。

ミス・モルトンが奏でるウエディング・マーチが会堂の中に響き、開式となった。

湘烟女史の狙い通り、嘉志子が纏った白無垢の花嫁衣装は、参列者の感動を呼んだ。

会堂の入口から祭壇まで、並んで歩く二人に、賛嘆と祝福の言葉が溢れた。

前列近くに座って拍手する妹の宮と目があった。

「お姉様、お綺麗ですよ」

会津落城の混乱の中から、宮と嘉志子の二人だけが生き延びて、今を生きている。宮は、いつも嘉志子を支えてくれた。不遇に亡くなった母、祖父母、父……。

家族への思いは、瞬時に、フェリスで過ごした日々、巌本と出会ってからの様々な出来事に繋がった。

嘉志子は、自分が今、花嫁として式に臨んでいる事実は奇蹟なのだ、と感じ始めていた。（結核まで発症したにも拘わらず、多くの支えを得て、私は幸福に包まれている。神の恩寵に包まれているのです）

嘉志子は、込み上げる熱い思いを、懸命に堪《こら》えた。

嘉志子の思いをよそに、式は、プロテスタントの伝統に則《のっと》って、厳かに進められた。讃美歌の斉唱、聖書朗読、祈禱、式辞、誓約。

終生の愛を神に誓った。

最後に、立会人である中島信行・岸田湘烟夫妻が、結婚の成立を証明するべく署名して、式は無事に終了した。

⑩

参列者に見送られて、二人は新婚旅行へ発った。日暮れまでに到着しなければならない。

行先は、かつて中山道が町の真ん中を通る宿場町として栄えた大宮。現在は、四年前に大宮駅が誕生し、上野・高崎間を結ぶ鉄道と、大宮・宇都宮間を結ぶ鉄道の追分として、新たな賑わいが生まれていた。東京に近く、文人墨客《ぶんじんぼっかく》の逍遥《しょうよう》先としても人気が高い。

大宮駅で降りて、俥で一走りすると、大宮台地と見沼低地の境に出る。

台地の端には、武蔵一宮《むさしいちのみや》と呼ばれ、年々の例大祭には明治天皇の勅使が御差遣《ごさけん》されると聞く、氷川神社があった。夏の陽は落ちず、朱色の社殿が、境内の楠《くす》や欅の緑と鮮やかな対比をなしている。

嘉志子は、思わず隣に座る巌本に声を掛けた。

「ご覧になって！　綺麗ですね」

「あまり身を乗り出してはいけませんよ」

巌本は、表情を変えずに、父か兄でもあるかのように返した。

欅並木が続く参道沿いや、氷川神社を取り囲むように、何軒もの料亭や旅館が点在していた。背後には、広大な松林が垣間見えた。横浜の暑さが嘘のようだ。

奥まった所にある旅館の、趣ある離れに新婚の宿を取った。

庭先に小さな泉が湧く池があった。嘉志子は、手を差し入れる。

「冷たくて、なんと気持ちが好いのでしょう」

「この辺りは台地の外れにあたり、豊かな湧水は見沼低地に流れるようです」

風呂で汗を流し、鯛の尾頭付きの焼き物が添えられた夕食を済ませる。隣室には、既に新婚の夜具も敷かれていた。

食事の片づけられた部屋で、座卓を間に向き合うと、巌本が先に声を掛けた。

「嘉志子さん、今日一日ありがとう。これから、よろしくお願いします」

「善治様、私こそ、よろしくお願いします。愛しいあなたの妻となれて、心から幸せです」

巌本は穏やかな笑顔を浮かべつつ、おもむろに、鞄から一冊の帳面を取り出した。

「明日から、この帳面に、一日の出来事や、考えたり感じたりしたことなどを、書き付けませんか？　お互いに忙しい時や、私が泊まりがけで出かけて会えない日などにも、気持ちを伝えられるように」

「喜んで。お互いの内面も、飾ることなく」

「自然で好いと思いますよ。もちろん、もし、疑問や不安を感じたら、お互いに、躊躇《ちゅうちょ》せずに打ち明けましょう。一番近しい立場になったのですから」

気づけば夜も更けて、静かな夜だ。微かに池の湧水の流れる音がした。

巌本は立ち上がると、嘉志子に手を差し伸べた。

「さあ、今夜は休みましょう。お疲れでしょうから、ゆっくりとお休みなさい」

二人で、隣室に移るや、嘉志子は、強い口調で訴えた。

「いいえ、食事も頂き、疲れも落ち着きました。……今夜は、私たちが初めて枕を並べる夜です。私は善治様と、魂はもちろん、体も一つに結ばれたいと、強く望みます」

巌本は、嘉志子の両肩に手を置き、そっと座らせた。

「ありがとう。思いは同じです。……しかし、今日はお疲れでしょう。ドクターからも、無理をしないようにと、助言を貰っているのですから。緩解を終生続けて、あなたは、あなたの才能をぞんぶんに伸ばさなければいけない。……夫としての役目です」

嘉志子は、巌本の言葉を押し切った。

「いいえ、私は、大丈夫です。役目などと仰らないで下さい。私は、心から、お慕いしております。今日の日を、恋い焦がれてきました。身も心も、今宵結ばれて、……善治様には、私のすべてを知って頂きたい。……きっと、母となりますわ。私を強く抱いて下さい」

嘉志子は、巌本の胸に顔を埋めて泣きじゃくった。

⑪

嘉志子は、新婚の住まいに戻ると、一番に机に向かった。善治が示した帳面に、今の感動を、どうしても書き留めたいと思った。

愛読するアメリカの女流詩人、アリス・ケアリーの『詩集（The Poetical《ポエティカル》 Works《ワークス》 of Alice《アリス》 and Phoebe《フィービ》 Cary《ケアリー》)』に、今の自分の心持ちそのものと思える作品があった。

『THE BRIDAL《ブライダル》 VEIL《ヴェール》.

1 We're married, they say, and you think you have won me,
　Well, take this white veil and look on me ;
Here's a matter to vex you and matter to grieve you,
　Here's doubt to distrust you and faith to believe you,
I am all,as you see, common earth, and common dew ;
　Be weary to mould me to roses, not rue !

Ah ! shake out the filmy thing, fold after fold,
　And see if you have me to keep and to hold
Look close on my heart see the worst of its shining
　It is not yours to-day for the yesterday's winning,
The past is not mine—I am too proud to borrow
　You must grow to new heights if I love you to-morrow.

2 We're married ! O, pray that our love do not fail !
　I have wings flattened down, and hid under my veil,
They are subtle as light—you can undo them,
　And swift in their flight—you can never pursue them,
And spite of all clasping, and spite of all bands,
　I can slip like a shadow, a dream, from your hands.

3 Nay, call me not cruel and fear not to take me,
　I am yours for my life-time, to be what you make me,
To wear my white veil for a sign or a cover.
　As you shall be proven my lord, or my lover ;
A cover for peace that is dead, or a token
　Of bliss that can never be written or spoken.」

『花嫁のヴェール

一、

われら結婚せりとひとは云う　またきみはわれを得たりと思う
然らば　この白きベールをとりて　とくとわれを見給え
見給え　きみを悩ます問題を　またきみを欺かす事柄を
見給え　きみを怪しむ疑い心を　またきみを信ずる信頼を
見給う如く　われはただ　ありふれし土　ありふれし露なるのみ
われを薔薇に　造型せんとて　疲れて悔い給うなよ
ああ　このうすものを　くまなくうちふるいて
われとそいとぐべきや　み給え
わが心をとくと見給え　その輝きの最も悪しきところを見給え
昨日君が得られしものは　今日はきみのものならず
過去はわれのものならず　われは誇り高くして　借りたる物を身につけず
君は新たに高くなり給いてよ　若しわれ明日君を愛さんがためには

二、

われらは結婚せり　おお　願わくは　われらの愛の冷めぬことを
われにたためる翼あり　ベールの下にかくされて
光の如くさとくして　きみにひろげる力あり

その飛ぶ時は速くして　君は逐《お》い行くことを得ず
またいかに捕えんとしても　しばらんとしても
影の如く　夢の如く　きみの手より抜け出ずる力をわれは持つ
三、
いなとよ　われを酷と云い給うな　われを取るを恐れ給うな
生ある限りわれはきみのものなり　きみの思うがままの者とならん
結婚のしるしとして　覆いとして　わが白きベールをまとわん
きみはわが主　愛しき人なることをあかしせんがため
そは消えさりし平和を覆うもの　また筆舌に表せぬ恵みのしるしなり
（乗杉タツ訳）』
「率直な思いが綴られていて、良い詩ですね。真摯にして崇高とも言える」
善治は、眉を少し寄せて、困惑しているとも、楽しんでいるともとれる表情を浮かべた。
「それから、夫としては、怠けていられない、日々、妻から試験されるような気分にもなりました。私は、あなたの夫でいることが許されますか？」
嘉志子にとって、善治の質問は、思いがけないものだった。
恥ずかしいとも感じたけれど、躊躇なく応えた。
「もちろんです。第一に、私を妻として迎えて下さった事実が、その証明です。生意気ですが、以前にも増して精進致します。善治様がお導きくださいますから。……アリス・ケアリーが歌ったように、生ある限り、お傍に控えて、お心に添う決意です。言葉にできないほどに幸せな思いを、この詩に託しました」

後日、善治は、七月二十七日発行の、『女学雑誌』百七十二号の雑録欄に、『新婦、花郎に送る　かすみ』と題して、この英詩を掲載した。掲載に当たって、次のような前書きを付けた。

『嘗て記るす、新たに婚するものあり、婚后第一日の彼等が日記に左の如き英詩を録したりと、一読するに頗《すこぶ》る味ひあり、只だ其訳しがたきに艱《な》やむ』

第五章　雛　嫁

（1）

『THE BRIDAL VEIL』は、大きな反響を呼んだ。

ただ、その多くは、嘉志子が共感している主題に寄り添うものではなかった。

嘉志子は物足りない思いで、善治に尋ねた。

「どうして読者の皆様は、読み違えるのでしょうか？　私が善治様をどんなにお慕いしているか、とは取ってくださらないのですか？」

善治は、穏やかな口調で、幼子を宥《なだ》めるように応えた。

「第二聯が激烈なんだと思うよ。『……われにたためる翼あり　ベールの下にかくされて光の如くさとくして……　君は逐《お》い行くことを得ず　またいかに捕えんとしても　しばらんとしても　影の如く　夢の如く　きみの手より抜け出ずる力を　われは持つ』を読んで、世の中の男たちは震え上がったのだろう」

嘉志子は不満だ。口を尖らせる。

「全体を読んで下されば、お分かり頂けると思うのですが」

善治は、今度は、にこにこ笑いながら、生真面目に説明を続けた。

「読者は、一聯からして、何だか花嫁の恥じらいとは違うな、と感じるのでしょう。そこへ持ってきて、二聯で打ちのめされてしまう。すると三聯まで読み通す気力は萎えます」

一度は二人で笑い転げるも、嘉志子は、なおも肩を怒らせた。

「『女学雑誌』の読者にして、我が家の妻は寡黙《かもく》にして従順である、と思って、ほっとする。許せませんわ」

善治は、一切の迷いを見せずに、嘉志子を諭した。

「これだけの反響を得た事実が素晴らしいと思いましょう。アリスの詩に重ねて、私たちの結婚を高らかに宣言できたのですから」

さらに、自身の考えを確認するかのように語った。

「嘉志子さん、つねづね助言したように、これからは小説をお書きなさい。口語の言文一致体で。小説の著作は、女性に、特に嘉志子さんに向いています」

(2)

新婚の住まいでは、家事は、おおむね女中がしてくれる。

近くの《女学雑誌社》に住み込みで働く女中の一人が、手伝ってくれた。

すべては、善治の嘉志子への労わりだ。決して豊かとは言えない家計を思えば、嘉志子は家事をも果たす決意であったが、善治は、嘉志子を諫《いさ》めた。

「新生活に慣れるまでは、無理をしないように心掛けてください。大切な体ですよ」

実際、フェリスで寮生活を送っていた嘉志子には、家事の経験が、ほとんどなかった。

朝、善治を送り出すと、二人の寝室と、善治の書斎を整えた。

夕食後の片付けは、嘉志子に任された、ただ一つの台所仕事だ。嘉志子は、せめて一人で竈に火を熾したいと考える。火を熾せれば、朝食を用意して、女中の負担を軽くできるだろう。

昼食は《女学雑誌社》で賄いを食べる。昼間の時間は自由だ。

嘉志子は、昼間の時間を使って、口語の言文一致体の小説を書くと決めた。

第一作は『野菊』。会話ばかりの形式にした。

第二作は、『お向《むこ》ふの離れ』。昔語りを、教え子に話すような調子で纏めた。

善治は来客も多い上に、《明治女学校》に《女学雑誌社》と、飛び歩く。善治と嘉志子が向き合えるのは、二人で取る夕食時だ。

食事を終えて、つかの間、互いの一日を報告し合い、労り合う。

時には、嘉志子が書き上げた作品を話題にした。

嘉志子は作品を、生徒が教師に提出するように、恐る恐る善治に見せた。

善治は、いつでも、まず、嘉志子を褒めてくれた。

「良いですね。文体が分かりやすくて良いですよ」

「内容は、どうですか？　面白いですか？」

「そうですね、次作は、もう一工夫しましょうか。題材は良いと思いますが、作品の狙いが読み手に見抜かれる弱点も。……作者が訴えようとする考えそのものを、直《じか》に書いてはいけません」

嘉志子は、頷きながらも悲しくなってきた。涙ながらに尋ねた。

「粗筋《あらすじ》のような作品ですね。小説の面白さや、期待に欠けているのですね」

善治は頭を振ると、嘉志子の手を自身の両手で包んだ。

「まだ書き始めたばかりですよ。弱気は嘉志子さんに似合いません。……主人公が登場する場面の設定を考えて。情景の描写もより多く欲しいですね」

ふと気づけば、台所の竈に載せた鉄瓶《てつびん》の蓋《ふた》が音を立てていた。嘉志子は慌てて立ち上がる。善治も続いた。

「吹き零《こぼ》れて、お湯がすっかりなくなる所でした。危うく火も消えて……」

嘉志子は雑巾を手にしたものの、動けない。善治が引き受けた。

「直接、手を掛けては火傷しますよ。もう一度、湯を沸かしてお茶にしましょう」

嘉志子は、また悲しくなった。

「台所仕事もなかなか覚えられず、善治様の妻とは名乗れません」

善治は、嘉志子を宥めるように抱き締めた。

「さあ、茶碗を運んで下さい。二人でさっと片付けましょう」

夕食が済めば、善治は仕事で外出する日も多い。家にいる日は、ほとんど書斎に籠り、夜更けまで原稿の執筆に励んでいる。

嘉志子は、次作は、話が曲折する作品と決めた。

⑶

第三作は、『すみれ』。作品の内容は、「適《かな》わない愛」。自身の、世良田との交際と決別を回想し、登場人物の心理を描いた。会話が中心を占める。

嘉志子は、場面の設定や主人公の人物像に工夫を凝らした。しかし、書き上げてみると、嘉志子は今一つ満足ができない。

何だか、自分の交際をそのまま描いたようにも感じられた。善治に感想を求めた。

善治は、今回も適切な助言をしてくれた。

「ずいぶんと力を注ぎましたね。読み手に伝わりますよ。……この作品に瑕疵《かし》があるとするならば、嘉志子さんが力を入れ過ぎたことです。言い換えると、登場人物の台詞《せりふ》が、少し長すぎる上に、芝居がかっている。言葉そのものは、美しく見事です」

あまりに正鵠《せいこく》で、嘉志子は泣きたくなる。

「実は、書きながら、少しばかり、すみれの台詞が古臭いようにも感じていました」

善治は、穏やかに言葉を足した。

「そこですよ。すみれは、嘉志子さんのように強い人物とは取れない。人生への冀望が明らかにされていません。残念ではあります」

嘉志子は、全てに納得だ。

善治は、嘉志子に小説の執筆を休ませない。思いがけない提案をした。

「次作は小説の組立を工夫しましょう。それから、常々感じていたのですが、嘉志子さんの英語の力を活かす方向を探ってみませんか？　今までも、幾つかの英詩を翻訳して好評を得ました。気に入った英詩のおもかげを留めながら、場面を日本に移して、小説として新しい生命を与えるのです」

嘉志子の情念に火が付いた。

⑷

嘉志子は、連日、机に向かった。

寝室にした座敷の隅に、小さな鏡台と文机を置いていた。嫁入り道具として持ってきたものだ。毎朝、善治を送り出し、簡単な掃除を済ませたら、机に向かった。

まず、日頃から愛読している英詩の中で、相応《ふさわ》しいと思えるものを検討した。

一番にAdelaid《アデレイド》 Anne《アン》 Procter《プロクター》の詩集に当たった。

プロクターの詩は、いつでも嘉志子の想像力を、掻き立てる。今回は、『Sailor《セイラー》 Boy《ボーイ》』

（少年水夫）が気になった。

次いで、Alfred Tennyson《アルフレッド テニソン》の物語詩『Enock Arden《イナック アーデン》』についても考えた。

嘉志子は、独り納得する。二作品とも、小説の形になおそうと決めた。

善治も、言葉で言い表せないほどに元気だ。

嘉志子は毎朝、善治の書斎を整える。その都度、机上に飾られた一葉の写真に見とれる。

善治が大切にしている集合写真。満開の桜を背景に、校庭に全校生徒と教師が、ある人は笑顔で、ある人は、きりりとした澄まし顔で並んでいる。今春に撮影され、総勢百三十五名と聞いた。

七段も雛壇《ひなだん》を設置した写真技師の苦労はいかばかりかと想像すると、嘉志子は少し気の毒にもなる。

言うなれば、夏に《明治女学校》第一回の卒業式を控えて、卒業生を祝う卒業写真だ。満開の桜にも負けず、女子生徒たちの匂うような若さが伝わってくる。

実際の卒業式は、七月十六日、校長の木村熊二が卒業したアメリカのホープ・カレッジのプロテスタントの式次第に倣って、華やかに行われたという。

学校創立五年にして初めての卒業式。一艘《そう》の小舟は、荒波を漕ぎ渡り、対岸に七名の生徒を、普通科卒業生として下ろした。式中、一番に祈禱をした善治、続いて校長演説をした熊二。彼らの感慨は、どれほどであったろう。

善治は、教頭として卒業式を立派に成し終え、一日置いた十八日に、横浜海岸教会で、嘉志子と結婚式を挙げた。

(何と多忙な。善治様は、余韻に浸る楽しさや幸せを求めない。次の果たすべき仕事を考えて……)

九月に始まる新年度を機に、善治は、《明治女学校》に、かねてからの冀望《きぼう》であった高等科を新設した。併せて、別科と呼ぶのが相応《ふさわ》しい自由科も置いた。

高等科に在籍する生徒は、正科の他に、さらに高度で専門的な学問を選択できる仕組みだ。哲学、数学、独逸語学、比較宗教学、家政学、音楽、画学など。

構想を聞いた時、嘉志子は驚いて尋ねた。

「正科からして、大学のようですわ。植村正久様、木村熊二様、内村鑑三様、木村駿吉様と、講師の皆様は、当代一流。生徒は授業について行けますか?」

善治は、力強く即答した。

「できるだけ、難しいものを。女性に学びの道を開く使命があると考えます。……我が校に入学を冀望する生徒は、優秀ですよ」

善治には尊敬の念しかない。だが、嘉志子は密かに感じるものがあった。

善治は、覚悟しているに違いない。

森有礼文部大臣亡き今、指導者となるべき婦人の養成教育を目指して、《明治女学校》は、旗幟《きし》を鮮明にすべき時が来た、と。時間の猶予はないのだ。

（5）

嘉志子は、改めて思い返す。

森大臣の死後二か月も経たずして、四月には『改進新聞』に、須藤南翠による連載小説『濁世』が始まった。

作品中では、《東京高等女学校》を、「東京貴婦人学校」とした。

主要登場人物である校長のモデルは、《東京高等女学校》の校長の矢田部良吉と思われた。

須藤は、実際の事象を織り交ぜながら、巧みに小説を開陳させた。

その内容が真実か否かは全く二の次だ。女子教育界を貶《おとし》めようとする、明確な意思が感じられた。読者と世人を扇動する戦略に違いない。

続いて『日日新聞』や『読売新聞』などが一斉に、森大臣や、《東京高等女学校》に対する、悪意に満ちた記事を発表した。

根拠のない噂が巷に満ちて、教頭の能勢栄《のせさかえ》は非職になった。

現実社会の醜さを映し出すことをもっぱらにする小説が、次々と現れる。

巌本は、四月から六月に掛けて、鷗外との『文学と自然』論争、九月には、内田魯庵や石橋忍月との『小説論略』論争で、自説を主張し、『意匠清潔、道念純高なるの小説』こそが、最良であると提唱した。

森大臣の死から半年を超えた日々が過ぎた。世の中は、一見すると、何もなかったかのように静かだ。その裏で、《東京高等女学校》の命運が尽きようとしているのだろう。

明治初年以来の、開進派と復古派の対立と抗争。

男子の高等教育は着々と進行し、女子教育や国民教育の場で、両者は闘っている。富国強兵、殖産興業などの標語を思えば、理由は明らかだ。男子の高等教育は、国家の緊急宿題であり、争う暇はなかった。

嘉志子は、女として悔しくてならない。

（善治様は真剣なのだ。《明治女学校》の基礎を、ますます強固なものにしなければ、と。生徒も、教員も、善治様の気持ちを十分《じゅうぶん》に受け止めている！）

嘉志子は、熱い闘志を内に秘めて、涼やかな表情を崩さない善治が誇らしい。

嘉志子は、善治との出会いは運命なのだと思う。

自分にできる仕事は何か。嘉志子は、決意を新たにした。

（善治様の提唱する小説を、私が実作で示そう。実作が支持されれば、理論の正しさを、より強く証明できるに違いありません。執筆は、私に課された使命なのです！）

(6)

嘉志子が初めてプロクターの詩、『セイラー・ボーイ』を読んだ時、会津のお殿様の松平容保公《かたもりこう》がお国入りする場面が、すぐに浮かんだ。

実際に、その場に自分がいた確かな記憶はない。ただ、繰り返し聞かされた大人たちの言葉。嘉志子は改めて、凛々《りり》しい若き城主と迎える領民の歓喜の姿があった。

嘉志子の中に、プロクターの作詩における狙いを考えた。

答えは明白だ。それは、母親の、我が子に寄せる深い愛情に外ならない。

次に、組立を練った。読み手の心に深く沁み入る物語の世界を組み立てる。

原詩の、北欧の青い森に囲まれた古城は、御一新の後、石垣だけを残して取り壊された、とある北国の城跡とした。領主は先《せん》の殿様、今では東京にお住まいの従四位《じゅしい》様。

(もちろん、志を貫かれた会津のお殿様ではありません)

物語を導く七歳の少年は、「孤《みなしご》の僕」。その森の番人を拝命している「徳蔵おじ」に育てられた。

城跡と背後に広がる広大な森。領主は、森に鹿や兎を放して遊猟場《ゆうりょうば》とし、最寄りの小《こ》高見《だかみ》へ別荘を建てた。秋が深まる頃、二週間だけ狩りにお帰りになる。

ごく大まかに四つの句切りとし、漢詩に倣って、起承転結の組立を目指した。

一つ目の句切りは、物語の始まり。従四位様が、お下りになる。剛毅な殿様と、儚《はかな》げな奥様。

二つ目は、村人たちの奥様についての噂話。森の木陰で奥様と密かに会う徳蔵おじ。

三つ目は、少年に訪れた奥様との交際の喜び。

四つ目は、奥様が天に召される臨終の場。少年は、世は憂《う》いものという習い始めをした。短い前書きも付けてみる。

『「忘れ形見」

ミス・プロクトルの"The Sailor Boy"という詩を読みまして、一方《ひとかた》ならず感じました。どうかその心持をと思って物語ぶりに書綴《かきつづ》って見ましたが、元より小説などいうべきものではありません』

書き始めると、場面は、想像してみる前から、次々と嘉志子に押し寄せた。すっかり荒れ果てたと聞く会津のお城跡や、ご城下。塀や築地の破れを蔦桂《つたかづら》が覆っているだろう。恐ろしいほどに広大な森を添える……。

殿様の顔立ちや人柄は？　嘉志子は思いついて、はっとした。

（あのお人より他にはいません。強梗な伎倆を発揮して、すべてを思いのままになさる。一度、見初められたら、女性は拒絶できない。たとえどんなに愛されても、どんなに高貴な身分に昇ろうとも、幸せにはなれない、と分かっているのに）

嘉志子は、虚構と承知しつつ身震いさえする。

奥様は、この世の人とも思えない理想の女性とする。風貌は、白薔薇が風に揺らぐような、嫋《たお》やかで、可憐な慈母。信仰に裏打ちされた内面の強さも併せ持つ。

(7)

一つ目の句切り「起」

『……毎年秋の木の葉を鹿がさつかせるという時分、大したお供揃《ともぞろ》いで猟犬や馬を率《ひか》せてお下りになったんです。…（略）…僕はまだ小さかったけれど、あの時分の事は、よく覚えていますよ、サアお出《いで》だというお先布令《さきぶれ》があると、昔堅気《かたぎ》の百姓たちが一同に炬火《たいまつ》をふり輝《て》らして、我先《われさき》と二里も三里も出揃ってお待受をするのです。』

晩秋の日没前に、殿様の一行が、ようやく領地に到着する。日が傾く中、領民の掲げる炬火《たいまつ》が狐火のように、どこまでも、ゆらゆらと続く中を。

お国入りは、白昼であったに違いない。途中の町に宿泊して、余裕を持たせただろう。実際、東京から北国は遠いのだから。しかし、小説の場面としては、違う。嘉志子は、ロンドンから遠く離れた領地を目指して、馬車を走らせる貴族の姿を思い浮かべて書いた。

夕日と炬火《たいまつ》こそ、そこへ現れる権力者の権威を弥増《いやま》す、美しく、大いなる設《しつら》えだ。

『やがて二頭曳きの馬車の轟《とどろき》が聞こえると思うと、その内に手綱を扣《ひか》えさせて、緩々《ゆるゆる》お乗込になっている殿様と奥様、物慣ない僕たちの眼にはよほど豪気《ごうき》に見えたんです。その殿様というのはエラソウで、なかなか傲然《ごうぜん》と構えたお方で……』

嘉志子は、考えつつ筆を進める。

（直接の言動を示さずに、殿様の表徴を出したい。それには、奥様と僕をどう書くか）

『ですがその奥さまというのが、僕のためにはナンともいえない好《い》い方で、…（略）…先《ま》ず下々《しもじも》の者が御挨拶を申上ると、一々しとやかにお請《う》けをなさる、その柔和でどこか悲しそうな眼付は夏の夜の星とでもいいそうで、心持俯向《うつむ》いていらっしゃるお顔の品の好さ！』

嘉志子は、ある日の夕食後、善治に原稿を見せた。

「どうですか？　まだ、ほんの書き始めですが。気に入っています」

善治は、難しい顔つきで読んでいたが、顔を上げると叫んだ。

「嘉志、素晴らしいよ！　口語体の言文一致が完成している。奥様を捉えた比喩、『夏の夜の星』などの表現も、嘉志なればこそ。麗《うるわ》しい言葉遣いが溢れている。『すみれ』から格段の進歩だ！」

思いがけない評価に、半信半疑ながらも、嘉志子も声高に応えた。

「本当ですか！　なんだか、気分が高ぶって、喜びを上手く表現できません」

「嘘など言って何になろう。……僕は、元の詩を読んでいないが、物語の続きを早く読みたい。"The Sailor Boy"を『忘れ形見』と訳すからには、物語の語り手は、僕なる少年だが、奥様の見地が背後にあるんだね？」

嘉志子は、息を深く吸い込んで、気持ちを鎮めた。

「善治様には、全てお見通しですね。ずいぶん昔に亡くなった、私の母の思いも重ねていますわ。子を残して死んでいく母の思いとは、どういうものか。私も孤児《みなしご》ですから。少年の見地は、奥様の見地でもあります」

善治は、しばし沈黙した。何か考えているに違いない。

「嘉志は、もう僕を超えているよ。作品は、『女学雑誌』の新年号に載せよう。間に合わせられる？」

言い終えてから、善治は、ふと笑みを浮かべた。

「ところで、領主の従四位様の人物像を作る上で、思い浮かべた人物がいるんでしょう？」

嘉志子は答えず、「当てて下さいな」とはぐらかして、ふふふと笑った。

⑧

二つ目の句切り「承」

冒頭は、村人たちの噂話から入る。

『人の知らない遠い片田舎に、今の奥さまが、まだ新嫁《にいよめ》でいらしッたころ、一人の緑子《みどりご》を形見に残して、契合《ちぎりあっ》た夫が世をお去りなすったので、迹《あと》に一人淋しく侘住《わびずま》いをして、いらっしゃった事があったそうです。さすがの美人が憂《うれい》に沈《しずん》でる有様、白そうびが露に悩むとでもいいそうな風情《ふぜい》を殿がフト御覧になってからは、優《ゆう》に妙《たえ》なお容姿《ようす》に深く思いを……』

（ありきたりですが、美人は、どこに暮らしていても、見つかってしまいます）

嘉志子は、手ごたえを感じ始めて、力も入る。殿の強引さを工夫した。

『ところがいよいよ子爵夫人の格式をお授《さず》けになるという間際《まぎわ》、まだ乳房にすがってる赤子を「きょうよりは手放して以後親子の縁はなきものにせい」という厳敷《きびしき》お掛合《かけあい》があって涙ながらにお請をなさってからは…』

次は徳蔵おじを、どのように登場させるか、嘉志子は考えた。

（森ですわ！　森を舞台に使えば、徳蔵おじは、自然に振る舞えるはずです）

『徳蔵おじは大層な主人《あるじ》おもいで格別奥さまを敬愛している様子でしたが、度々《たびたび》林の中でお目通りをしてる処を木の陰から見た事があるんです。そういう時は、徳蔵おじは、いつも畏《かしこま》って奥様の仰事《あおせごと》を承《うけたまわ》っているようでした』

嘉志子は、夕食後、原稿を善治に差し出す。

「続きが早速できたんだね」

善治は、頷きながら、読んでいる。

嘉志子は、善治の脇に並んで座って、原稿を覗き込んだ。

「予想はしていたけれど、奥様の造形が見事だね。『新嫁《にいよめ》』や『白そうびが露に悩む』なる言葉の使い方も、読者の期待をそそるよ。……殿が見初《みそ》めて云々は、お決まりの筋書きとは言え、村人たちの噂から始まって、話の曲折の速度も好い」

嘉志子は、にこにこしながらも、せっかちに尋ねる。

「徳蔵おじは、どうですか？」

「城跡と森の番人という設定が嵌《はま》っているね。『度々奥様と林の中でお目通りしている』場面に、自然に繋がる。殿様が突然現れるんでは、と読み手に思わせて、少しはらはらもさせる。……少年が、そっと見ているのも、小説らしい場面の設えだ」

嘉志子は、しみじみと、善治を見つめた。

「善治様、私を奥様に迎えて下さって、……心からのお礼を申し上げますわ。私、思いますのよ。私は、善治様のお導きを得て、こうして小説を書くことができるようになったのです。解っておりましてよ」

⑨

三つ目の句切り「転」

翌朝、善治が出かけると、嘉志子はいつにも増して執筆に精を出した。

嘉志子の文机の周りには、次第に原稿用紙が散らかり始めた。

通いの女中のフミさんが笑っている。嘉志子は澄まして言った。

「急ぎの原稿ですの。この部屋の惨状は、見なかったことにして下さいな」

少年に訪れた奥様との幸せな日々は、長くは続かない。少年は、ある日、熱を出した。

『フト眼を覚《さま》すと、僕の枕元近く奥さまが来ていらっしゃって、折ふし霜月《しもつき》の雨のビショビショ降る夜を侵《おか》していらしったものだから、見事な頭髪《おぐし》からは冷たい雫《しずく》が滴《したた》っていて、気遣《きづか》わしげなお眼は、涙にうるんでいました。身動をなさる度ごとに、辺《あた》りを輝《て》らすような宝石がおむねの辺やおぐしの中で、ピカピカしているのは、なんでもどこかの宴会へお出《い》でになる処であったのでしょう』

　嘉志子は、奥様をたくさんの宝石で飾った。

　徳蔵おじの粗末な小屋には、囲炉裏が切られているだろう。その傍らに、少年は寝かされているに違いない。蠟燭《ろうそく》は灯《とも》されているだろうか？　いずれにしても、暗闇の中でこそ、奥様の宝石は、一層、ゆらめきを増すのだ。

　宝石は、奥様の今の立場を表すものでもある。嘉志子は、思いを込めた。

　宝石は、子爵夫人として、やんごとなき方々と居並ぶご身分に相応しい装飾品である。同時に、奥様の存在そのものが、殿様を権威づける、一つの装飾品に過ぎない事実だ。

　奥様は、豪華な宝石をたくさんつけることを、殿さまに強いられている。

（さぞかし、お嫌でしょう。それなのに、少年に正鵠を射られてしまった）

　夜を徹して看病して下さる奥様に、少年は甘えて、『アア、アアおっかさんが生《いき》ていらっしゃれば好《い》いにねえ』と漏らした。少年に、他意はない。奥様は、動揺を抑えて応えた。

『「坊はわたしが床《とこ》の側に附《つい》ていて上《あげ》ればおんなじじゃないか」と仰ったのを、僕がまた臆面《おくめん》なく「エエあなたも大変好《すき》だけれど、おんなじじゃないわ。だっておっかさんは、そんな立派な光る物なんぞ着てる人じゃなかったんだものを」というと、それはそれは急にお顔色が変わったこと、ワッとお泣なさったそのお声の悲《かなし》そうでしたこと』

　奥様は、自分が母親だと名乗れない。母親の愛とは、このように深いものなのだ。

　女中のフミさんが、盆に、握り飯と漬物を載せて運んでくれた。

「奥様、きちんと召し上がってくださいね。先生からのお言葉です。根を詰め過ぎないようになさって下さいね」

嘉志子は、黙って頭を下げた。

⑩

四つ目の句切り「結」

嘉志子は疲れを感じながらも、一気に仕上げにかかった。

思いもかけないことに、奥様は病に倒れた。

嘉志子は、プロクターの原詩に添って、丁寧に物語に新しい生命を吹き込む。

『折ふし徳蔵おじは椽先《えんさき》で、霜に白んだ樅《もみ》の木の上に、大きな星が二つ三つ光っている寒空をながめて、いつもになく、ひどく心配そうな、いかにも沈んだ顔付をしていましたッけが、いつか僕のいる方を見て、「ナニ、奥さまがナ、えらい遠方へ旅に行《いら》しッて、いつまでも帰らっしゃらないんだから、逢《あい》に来いッてよびによこしなすったよ」と気のなさそうにいいました』

徳蔵おじと少年は、殿様の御殿を訪れる。ひょっとして、殿様が出ていらっしゃったらどうしようと、少年は、おそるおそる徳蔵おじの手を握りながら、奥様の御寝間《おねま》へ行った。

奥様は今際《いまわ》の際《きわ》を迎えていた。

『「坊や坊には色々いい残したいことがあるが、時迫《せま》って……何もいえない……ぼうはどうぞ、無事に成人して、こののちどこへ行て、どのような生涯を送っても、立派に真の道を守《まもっ》ておくれ。わたしの霊《たましい》はここを離れて、天の喜びに赴《おもむ》いても、坊の行末によっては満足が出来ないかも知れません、よっくここを弁《わきま》えるのだよ……」』

夕餉の支度が調い、善治が帰宅しても、嘉志子は筆を止めない。

「もう少しですの。……どうぞ、お先に召し上がって下さい」

善治は半ば呆《あき》れたように、半ば納得した表情で、嘉志子を見守る。

「嘉志、今夜、私は出かけない。何でも手伝おう。ただし、十時まで。完成しなくても、今夜はそこまでだよ。一緒に食事をして休もう。明日があるんだから」

背中に半纏《はんてん》を掛け、お茶を淹《い》れてくれた。

外は木枯らしが吹いているのだろう。窓が、時折、風に揺れた。

嘉志子は、渾身の力を込める。

『僕は死ぬという事はどういう事か、まだ判然分らなかったのですが、この時大事な大事な奥様の静かに眠っていらっしゃるのを、跡に見てすすり泣きしながら、徳蔵おじに手を引かれて、外へ出た時、初めて世はういものという、習い始めをしました』

善治の懐中時計が十時になるのに合わせるように、原稿は完成した。

「善治様、できました。『女学雑誌』の新年号に間に合わせましたよ！」

大きな疲れと、それ以上に大きな満ち足りた思いに、嘉志子は包まれた。

善治に抱きかかえられるようにして、夕餉《ゆうげ》の膳《ぜん》に向かった。しかし、手が震えて、箸《はし》が上手く持てない。善治に、汁椀を持って貰い、ようやく一口飲み込んだ。

「善治様、とても疲れました。でも、もう大丈夫です。……美味しい汁！」

「無茶のし過ぎだよ。日取りは十分《じゅうぶん》あるのだから」

「機会《とき》を逃せません。書きたい思いが湧き起ったのですから。それよりも、今日の部分を読んで下さい。お聞き頂きたい思いも、ありまして」

善治は食事を済ませると、読んでくれた。

「お屋敷から迎えが来て、徳蔵おじが、少年に伝える場面の、情景の描写が見事だね」

嘉志子は、我が意を得たりとばかりに話し始める。

「嬉しいです。うまく書けたと誇りたい場面の一つです。プロクターの才能も素晴らしい。基督教徒だからと言えば、それまでですが、上手いですね。『霜に白んだ樅ノ木の上に、大きな星が二つ三つ光っている寒空』とは、奥さまの召天を暗示していると思います」

嘉志子は話し出したら止まらない。堰《せき》を切ったように、言葉が溢れた。

「奥さまの、信仰を持って生きる強い姿勢に感動しました。臨終の場で、我が子に、『立派に、真の道を守っておくれ』、と言い残すなんて、なかなかできないと思います」

善治は、穏やかに相槌を打った。

「そうだね。この『忘れ形見』は多くの人々を感動させるに違いない。泣けてしまう……。小説の、世の中に果たすべき役割も、きちんと果たしているよ」

嘉志子は、安心したものの、まだ聞きたいことがあった。

「少し自信が持てました。……世間は、私を、小説家と呼んでくれるでしょうか？」

善治は、教え子を讃える教師のように、答えた。

「今宵は、『女学雑誌』を支える新たな書き手が誕生した、記念すべき夜だよ。質問がまだありますか？」

一瞬の間を置いてから、嘉志子は、どうしても言わなければとばかりに、俯いて呟いた。

「『忘れ形見』を書きながら、以前にも増して、赤ちゃんを迎えたいと思うようになりました。これからも、母の立場で、世の中の人々に、たくさん感動してもらえる作品を、書き続けたいと思います」

善治は、「大賛成さ」と言って、嘉志子を抱きあげた。

暖かい布団に下ろされると、嘉志子は、すぐに心地よい眠りに包まれた。善治の優しい愛撫《あいぶ》さえも知らずに。

第六章　胎　動

(1)

明治二十三年が明けた。

《女学雑誌社》は、賑やかに始動した。

一日付で発行された『女学雑誌』百九十四号は、前評判の通りに高い評価を得た。

善治の社説は言うに及ばないが、女性執筆陣の様々な作品が人気を呼んだ。

湘烟女史の漢詩、下田歌子の和歌、田邊花圃の小説『蘆の一ふし』、跡見花蹊の絵画、嘉志子の『忘れ形見』と、当代一流の女流の結集と言えた。

中でも、嘉志子の『忘れ形見』は、明治文壇の注意を引き、石橋忍月、上田敏、森鷗外の大きな称賛を得た。嘉志子は、文体や語句などを含めて、文章そのものに妙趣があると褒められて嬉しい。

嘉志子は既に、次作とするテニソンの、『イナック・アーデン物語』の翻訳に取り掛かっている。今回は、純粋に、原作の物語詩に添って翻訳するつもりだ。海辺の村に育った幼《おさな》馴染《なじみ》三人が辿《たど》る人生の哀歓。三月初めまで、七回の連載を考えている。

善治は社員を前に、意気高く、さらなる前進を誓った。

まず、『通信女学』を再興させた。

《明治女学校》に関しては、一月に、速記自由科を置いた。四月からの教育課程についても、新たな検討をし、次のように改変した。

四月に、師範科を新設する。師範科では、三年間に亘って学び、小学校教師を目指す。普通科上級生（本科生）は、一日に三時間、共通学科を学び、二時間は家政科、或いは専修科に分かれる。師範科を新たに加えた。

家政科には、裁縫、料理、その他家政一般を、専修科には、英学、国文、音楽、画学、裁縫、女礼、速記の七科を置いた。

選択の幅を広くする理由は、卒業生が多岐に渡る進路を押さえられるようにするためだ。

嘉志子は、善治の打つ手が、朧《おぼろ》げながら分かるようになった。

速記と聞いて驚かされたけれど、女性が持つ精妙さや透徹する力を思えば納得できる。

善治は、生徒が卒業後、自立した人生を伸びやかに歩めるよう、常に考えている。時代が女性に求める力、女性の適性を発揮できる方向を探りながら。

この新年来の様々な改革は、足元を固めておく策略の一つに違いない。

民法の公布、教育勅語の下賜、第一回帝国議会の開会と、四月以降には様々な国家行事が目白押しとなる。それらの日程を睨んで、何が起ころうとも、《明治女学校》を守れるように備えているのだろう。

(2)

「嘉志、話しておきたいことがある」

二月中旬、善治に声を掛けられて、嘉志子は善治と向き合った。

(何かしら。また、新しい、私を驚かせる提案に違いありませんね。私も……)

立春を迎え、寒さの峠も越えた。庭の梅が綻び始めている。

予想に反して、善治の声の調子は重かった。

「驚かないで下さい。……校舎を動かさなければならない事態になりました」

どきりとして、思わず声が出た。

「なんと仰いました？　今の見事な校舎を？　東京の絶好の土地ですわ！」

「その通りだ。残念でならない。熊二先生を始め、支援者の方々と相談もしたが……。思いがけない事情とでしか言えない」

嘉志子は、心底、驚かされた。しかし、ただ黙って頷く訳にはいかない。

「私は、善治様の妻です。善治様が苦労なさっていらっしゃるのなら、私には、善治様を支える義務があります。事情を、お教え下さい。……覚悟を固めるためにも」

嘉志子は、努めて笑顔を浮かべて、言葉を足した。

「私は、貧乏暮らしも、苦になりませんわ。会津の武士の娘です」

善治は、「ありがとう。嘉志に貧乏は、させたくない。学校も続けられる」と前置きをしてから、少し寂し気に話し始めた。

「今の校地の地主である小松彰氏が、四十七歳の若さで突然お亡くなりになった。旧松本藩士で、維新の後は官界、実業界で奮闘された。死後、特旨により、正五位に叙せられたそうだ。……ただ、死後、財産を整理してみると、遺産よりも負債が多く、国元の忘形見は困窮なさっている」

嘉志子は、逸る気持ちをぐっと抑えて、お茶を淹れかえた。

善治は、お茶を一口飲んで、話を続ける。

「ご養子の小松精一様から、田口卯吉様へ、校地を買い取って欲しい、と手紙が届いた。返事を未決にしていると、隣接する土地も併せて三万円（※現代に換算すると七億五千万円相当）で買い取ろう、と提案する人が現れたそうだ」

嘉志子は、今度こそ、言葉にならないほどの驚きだ。怒りさえも湧いた。

「三万円とは何という高額でしょう。いつのことですか？」

「二十一年の十月と聞いている」

「以来、ご苦心を重ねられた。私は、ちっとも気づきませんでした。ところで、名義を変えるだけではいけませんの？　校地は、新しい所有者の財産になりますわ」

善治は淡々と説明する。手を尽くした挙句の、諦めだろうか？

「《明治女学校》の校舎という上物《うわもの》があっては、取引は成立しないそうだ。確かに、土地を自由に使えないからさ。せめて校地部分だけを、一万円で買って欲しいとも言われた」

嘉志子は、善治をまじまじと見詰めた。

「今は買えない。……そもそも、新校舎を建てて献堂式をしたのは、二十年の秋だよ」

嘉志子は、懐かしくもなる。

「覚えていますよ。夏休みに、二人で俥に揺られて、建築現場を見に来ましたね。風が吹いて、木々が揺れて、明るい気持ちになりました。……以来、評判の学校ですのに」

「移転、まあ、我々がどきさえすれば、替地も新校舎建築費も面倒を見ようと。三万円が欲しいのだろう。買い手には、校舎を使う当てがあるのかもしれない」

嘉志子は、暗澹《あんたん》たる気持ちになる。

（もしや、お金のある組織が、新たに学校を開設するのだろうか？　ミッション・スクール？　それにしても、地主に、《明治女学校》への敬意は、ないのだろうか？）

ふと思いつき、一気に捲《まく》し立てた。

「法律家に相談なさいました？　国元が困窮しているとはいえ、地主の都合で、建設後、日も浅い校舎を使えなくするとは、乱暴に過ぎます。地代も、お支払いしているのですから。立ち退きについての記載は、契約書には、ないのですか？」

沈黙の後、善治は、重い口を開いた。

「今となっては、契約に甘い点があったと言わざるを得ない。民法もまだ成立してはいない。明治の世は混沌の中にある。新校舎の建設を急いだあまり、足を掬《すく》われた」

嘉志子は、言葉もない。

「ごめんなさい。善治様を責め立てるような言葉を使ってしまいました」

嘉志子は、思い直して、言葉を繋ぐ。

「新しい校地は、どこですか？　移転の時期も。私、思い切りが好いんです」

「麹町区下六番町。八月の末には動いて、新学期は新校舎で始める。《女学雑誌社》も、私たちの住まいも同じ敷地になる。二人だけとはいかないが、好い？」

嘉志子は、意識して、物怖じせぬとばかりに、答えた。

「ご心配など要りません。賑やかで好いですわ。善治様にとっては、時間の無駄がない。私には、人の手が身近にあって、心強いです」

善治は、不審の表情を浮かべた。

「嘉志、どういうこと？」

嘉志子は、満面の笑みを浮かべた。

「今日こそ、お話ししなければと思っておりました。私、赤ちゃんを授かりましたの。九月の末に、母になります！　今ならば、何でもできる気がしますわ」

善治は、嘉志子を抱き締めて、しみじみと言った。

「ああ、何という僥倖《ぎょうこう》だろう。ありがとう、嘉志。私は、心から勇気付けられた。……新天地でも、粛々と進めよう。高等科も、師範科も開設したのだ。目指すは、女子大学！私には、生徒を育てる使命がある」

(3)

検診に伺うと、結婚以来お世話になっている高木医師は、渋い表情を崩さない。いつでも、「無理は禁物ですよ。執筆に熱中してはいけません」、と嘉志子を諌《いさ》めた。嘉志子は、熱海で畑先生に習った「緩解」を忘れた時はない。妊娠によって齎《もたら》されるだろう母体の負担に、懸念はある。それでも、母になって、命を繋いでいく使命がある。善治が嘉志子に託す冀望でもある。

嘉志子は祈り、精神の安定に努めた。

不思議ではあるが、嘉志子の身体の加減は良好だ。食欲が増して、肌に張りがある。

（赤ちゃんの生への強い意志が、母体を元気づけているのでしょう）

嘉志子は、妊娠に、微かな手ごたえを感じ始めていた。

(4)

嘉志子は、身体の加減に配慮しつつ執筆に励む。一日を穏やかに過ごすために、執筆は欠かせないものになっている。執筆の依頼を含め、書きたい題材は、次々に現れた。

なぜ小説を書くのかと二つ問われて、『女学雑誌』に載せる原稿を書いた。

まず、「第一、余《よ》の小説を著《あら》はす由縁及經驗云々《ゆえんおよびけいけんうんぬん》」。

嘉志子は、母の思いで、また姉として述べる。

『……多少己《おのれ》の學び得たる處《ところ》と悟り得たる處を理想的に小説に編んで妹とも見る若手の女子たちに幾分の利益《りえき》を與《あた》へ、社會の空氣の掃除に聊《いささ》かの手傳《てつだい》が出來れば何よりの幸福と考へて居り升た、……』

続いて、「第二、小説に關する理想、希望、持論云々」。

『……小説を一ツのミーンスとしての價値《ねうち》は、先《まづ》手近な例をとれば、子供の弄《もてあそ》ぶおもちゃに似て居ると思升《おもいます》、若《も》しおもちゃ屋の代物《しろもの》に一切價値《ねうち》がないと致さば、世に有ふれた數々《かずかず》の小説本も誠に何の功能も御座り升《ます》まい、併《しか》しそうでない、……（略）…小説も矢張り矯風《きょうふう》上、教育上に同様の關係を有つて居つて、間接には學校や論説や説教奈《な》どのとゞ《ど》かぬ處《ところ》に其感化力が預《あづか》つて力が有ると思ひ升。』

書き終えて、嘉志子は満足しつつ、そっと呟く。

社会の空気の掃除とは、まさしく善治様の受け売りです。……これで良いのです。

(5)

嘉志子は、翻訳小説を書きたいと思う。自分には、創作よりも翻訳が向いているとも感じている。訳したい大作があった。

Frances《フランシス》 Hodgson《ホジソン》 Burnett《バーネット》女史の『Little《リトル》 Lord《ロード》 Fauntleroy《フォントルロイ》』。

女史は一八四九年にイギリスのマンチェスターに生まれた。幼くして父を亡くし、十六歳の時、一家でアメリカに移住した苦労人と聞く。『Little Lord Fauntleroy《リトル ロード フォントルロイ》』は、四年前に、女史が三十七歳で執筆した作品だ。

女史の生い立ちや執筆の時期などにも、嘉志子は親しみを感じていた。何より、作品の世界に心が惹かれた。善治に、意見を求めた。

「次作は『Little Lord Fauntleroy《リトル ロード フォントルロイ》』に。主人公は、七歳を半ば過ぎた幼子《おさなご》でして、作品の位置づけを何と呼べば良いでしょうか？　幼子の父は既に亡く、慈愛に溢《あふ》れる母とニューヨークの裏町で暮らしています。……続きを、お知りになりたい？」

善治は、原作を手にして、パラパラとページを繰りながら応えた。

「面白そうだ。ぜひ、続きを知りたい。嘉志がやってみたいならば、応援しよう。しかし、大作だね。お腹に赤ちゃんがいる体で、大丈夫？」

嘉志子は、にこやかに即答する。

「大丈夫です。最近は加減も良いのです。……執筆は、私にとって、元気の源ですもの。以前にも増して、作品中の幼子や母親の気持ちに寄り添えますわ」

善治は、納得とともに、押し切られたなという表情を浮かべた。

「嘉志の気持ちは、分かった。『女学雑誌』の読者に母親は大勢いる。子供や母親向けの、健全な物語こそ求められている。今の日本には、まだ、見当たらないもの。……ところで、Little Lord《リトル ロード》と言うからには、幼子は貴族の生まれなの？」

嘉志子は意気込んで答える。

「そのとおりです。亡くなった父親は、イギリス貴族の三男です。訳《わけ》あってアメリカに暮らしていました。物語は、イギリスとアメリカを舞台に進みます」

「今の世界情勢も映し出しているのかな?」

嘉志子は、この質問には答えられない。

「そこまでは……。でも、作品を自然に受け入れられましたわ。内実を明かしますと、幼子は神聖なるミッションを果たしまして、物語は幸せな結末を迎えます。今の私を勇気付けてくれます。取り掛かりたくて疼々《うずうず》していますの」

善治は、いつものように頷いた。

「私にできる手伝いは、何でもしよう」

嘉志子は、すかさず尋ねる。

「早速ですが、作品の題名に困っております。ぜひ、ご助言下さい。『小さな君主フォントルロイ』でも、『小フォントルロイ卿《きょう》』でも、幼子には似合いません」

善治は苦笑いを浮かべた。

「分かった。考えておこう」

(6)

善治は、毎晩、食事が済むと書斎に籠《こも》った。

「四月の新学期に間に合わせなければならない」

嘉志子はお茶を運んで、ちょっと覗《のぞ》き込んだ。表題は、『明治女學校生徒に告ぐ、目下の女子教育法』、となっていた。

嘉志子は、敬意と少しばかりの冷やかしを込める。

「力強い表題ですね。善治様の、今までの教育活動のすべてを纏めた宣言ですか？」

予想に反して、善治は澄まして応えた。

「好く分かるね。私も、嘉志に負けてはいられない。この創立の地を離れ、新たな学校運営を始めるに際して、私自身の気持ちを見詰め直す必要もある。確信を持って進むよ。言うならば、宣言と言うよりも、戦いを始めるに当たって打ち上げる狼煙《のろし》さ」

嘉志子は、改めて善治を好ましく感じた。

「膨大な文章量になりますね。『女学雑誌』一号分に、収まりますか？」

「もちろん、そのつもりさ。纏め方が難しいが。連載には、しないつもりだ」

嘉志子はさっそく尋ねる。

「書き出しの、『柳子厚《りゅうしこう》が郭橐駝《たくだ》の傳《でん》』は面白そうですね。私、知りませんでした」

「……昔、長安の西の豊樂郷と呼ばれた村に、植樹を仕事にする郭橐駝と呼ばれる男がいた」

「そもそも、橐駝とは何ですか？」

「駱駝《らくだ》の異名さ。橐とは袋の意味。男は背中が曲がる病で、駱駝に似ていたから。その男が植える樹は皆、見事に育った。ある人が尋ねると、樹の天然自然に従って、その生まれ持った生きる働きを導くだけだと答えた。もちろん寓話《ぐうわ》だよ」

「なるほど。分かりましたわ。……教育は、人の天性を伸ばすことにある！」

善治は機嫌が好いようだ。尋ねる前に、続きを教えてくれた。

「橐駝の言が面白いのは、木を植え終えたら、あとは動かしてはならない、心配もしてはならない、そこから立ち去って、あとは二度と振り返り見ないが良い、と」

嘉志子は、郭橐駝が樹から離れる場面を想い浮かべて、ふふふと笑った。

善治は、嘉志子に構わずに、更に説明を続ける。

「植える時は、子を育てる時のように大事にし、植えて手放すときは捨てるようにする。慈しみが過ぎてはいけない。……女子生徒を預かって育てる喜びに通じる。自由の下に置いて、勉めて窮屈な制限をしない」

善治はペンを傍らに措くと、呟《つぶや》くように、言葉を繋いだ。

「私の年来の経験では、生徒の心に一つ守るべく、頼るべく、重んずべく、自ら慰むべき、ある物を入れる。以心伝心だよ。うまく説明はできない。だが、その生徒の勘所に触《ふれ》れば、全ての活動が生き返るようになる。譬《たと》えるならば、春草の萌え上がるような勢いで……」

「今回の文章の中に、お書きになるのですか?」

「いや、これは、いつか昔語りに。そのような時も来るだろう」

善治は心なしか遠くを見る目で、微笑んだ。

(7)

善治の筆は、言葉が溢れ出るように進んだ。

『基督教界に對しては其純粋なる仲間にあらず、世上に對しては尋常の友人にあらず、男女同權論者にも同意せず、家政論者にも賛成せず、信徒は之を見て世俗的なりと云ひ、世人は之を見て耶蘇的なりと云ひ、古風の人は之を目して過激の女權論主張者と云ひ、女權論者は之を目し反つて因循なりと云へり、左れど《明治女學校》の天職は其中間にあるに在れば、寂然孤立するとも悲しきことにあらざるべし』

善治は、孤立を恐れない。熊二から受け継いだ《明治女学校》設立の趣意を受け継ぎつつ、時代を平静に見ては、繁栄させてきた。

学校維持の中心となる同志評議会員には、「基督教を信奉すること」を、資格の条件の一つとした。

徳育の基本は基督教に置くけれど、日本人が日本人として、自立の心を持って教育する方針に、揺るぎはない。

生徒には信仰を彊要《きょうよう》せず、生活の中で感じ取るよう指導している。

ミッション・スクールとは違う基督教主義を、今では、ミッション・スクール育ちの嘉志子も、自然に受け入れる。

善治の「良妻賢母」に対する考えも固有だ。

男女は生まれながらに異なる性質を持っていて、それぞれ為すべき役割は違う。つまるところ、女性は、妻母となるはずの立場にある。だからと言って、女性を劣ったものとして見下してはならない。家の中に閉じ込めて、男性の支配下に置く存在ではない。

したがって、《明治女学校》では、女子生徒に婚姻のための教育はしない。円熟した女性となることで内に持った天性を発揮できるように導く。その暁には、一家の「良妻賢母」にもなり、万人のための「良妻賢母」になれる者も現れる……。

初めて、「万人のための」と聞いた時、嘉志子は善治の考え方の壮大さに驚いた。しかし、考えてみれば、納得できる。

(女子生徒に冀望を持たせられますね。家政は専門の学問として望む生徒に)

善治と暮らして、嘉志子は心地好さを感じている。

心が伸びやかで、不安がない。

善治は、『明治女學校生徒に告ぐ、目下の女子教育法』の巻末に近く、真善美の理想を高く掲げた。

『諸子は必ず清くあれ、必ず正しくあれ、必ず善くあれ、而して亦た他を愛し、犠牲献身的の精神に充満せよ』

鐙子の遺志も受け継いでいく、善治の強い決意だ。

善治の、『明治女學校生徒に告ぐ、目下の女子教育法』は、嘉志子の小説観を表した小文とともに、四月五日発行の、『女学雑誌』二〇七号に掲載された。

(8)

五月半ばの夕食後、善治がにこやかに話し始めた。

「今度《こんど》、《女学雑誌社》に、新しい編集者を迎える。清水豊子さん。嘉志にも紹介しよう」

男性職員が多い《女学雑誌社》の現在を思うと、意外だ。

「女性編集者とは、新しい試みですか？　どんなお人でしょう。楽しみですわ。善治様がお目を付けたからには、さぞ秀逸なお人でしょうね」

善治は、間を置いて、言葉を選んだ。

「一言では言い表せない。湘烟女史の天賦人権論に憧れて後を追った、今年で二十二歳になったばかりの自由民権家。備前の生まれで、京都育ち。父君は京都府の高等官吏。自身も府女学校の小学師範諸礼科卒業と聞いている」

「良家の子女で、立派な教育を受けられた。恵まれた経歴と、現在のお立場の間には差がありますね。……きっと、ご苦労されたのでしょう。お気持ちの強いお人ですわ」

善治は、少しばかり眉をひそめた。

「学校を卒業と同時に、父君の下命で、遺憾な結婚をしたそうだ。地位ある夫君には、結婚前から妾がいて、……。豊子さんは、夫君と一緒に弁論活動を始め、自ら離婚を申し入れた。強さは堅固と言える」

「女性にとって結婚がいかに大切か、思い知らされる話ですね。お父上は、お相手の身辺を、我が娘のために、調査されたのでしょうか？」

「承知で進めた婚姻かもしれない。自身の立場を護る上で必要と考えて」

嘉志子は、黙ってはいられない。

「お母上がいらっしゃいますわ。わが身に換えても、娘を護ろうと考えて、自然です」

「夫に、ひたすら隷属する妻の姿は、残念ながら、明治の日本の婚姻の実情だろう。名家であろうがなかろうが。妻は意見を持てない。まして、行動など」

嘉志子には返す言葉がない。

善治への支持を込めて、静かに感想を述べる。

「豊子さんと善治様の出会いは必然ですね。豊子さんは、《女学雑誌社》で、ご自分の人生を取り戻すでしょう。善治様の援助は、豊子さんが持っていらっしゃる様々な才能を、引き出しますわ」

「ぜひ、豊子さんの力になりたいと考えている。しかし、逆も、また、真実さ」

嘉志子は、善治の真意を理解できない。

「どういう意味ですか？」

「《女学雑誌社》、ひいては今の世の女性たちが、豊子さんに助けられるだろう。豊子さんの才能は無尽蔵に思える。……奮闘の場が整えばだが。私は、場を供奉《ぐぶ》したい」

嘉志子は、善治の言葉に、改めて驚かされた。

⑼

「善治様のお言葉が激烈で、豊子さんの像を、上手く結べませんわ。湘烟女史とも、どこか違うようですし」

「お二人共に才能に溢れる信念の人だが、感じ方や行動の仕方が違っているね。湘烟女史は英邁《えいまい》、応対も、行動も速い。女史は、家族に恵まれている。今は夫君にも」

「そうでした」

嘉志子は、以前、熱海で『善悪の岐』を読んだ日を思い返した。

善治は、続けた。

「両親ともに、娘の才能と行動に全幅の信用を置いている。母君は、いつでも女史と一緒だ。兄上の練三郎氏も、日頃は遊び人と言われていても、事が起これば、自分の損得を抜きに女史を守って来た」

嘉志子は、知りたいという眼を送った。

「女史が丹後へ嫁入りしたことがあったそうだ。一夏にして訳も告げられずに離縁された。話を聞くと、兄上は婚家先へ走った。土足のまま座敷に駆け上がると、手に持った斧で、嫁入り道具を一つ残らず叩き壊して戻った……」

「嫁入り道具を持ち帰ったのではないのですね。お見事ですわ。まだ続きが……」

「女史が大津の事件で責付《せきふ》となって出獄した折、知人宅まで迎えに行ったそうだ。月明かりもない中、女史を背負って、逢坂山を越えた。峠道で月が出ると、女史は詩を詠んだ」

嘉志子の心に、賛嘆の思いが満ちた。

（月まで小道具とは！　劇中の一場面のような兄妹愛ですね。……それに比べて）

「家族の許を離れた豊子さんには、後ろ盾がないのですか？」

義治は、穏やかな表情を崩さずに、大きく頷いた。

「勝手な想像だがね。……私は、豊子さんを心配もしている。民権家の中には、美しい豊子さんに下心を持って近づく輩も、いるだろうから」

「そこまで心配なさって。兄のようです」

善治は、きっぱりとした口調で応えた。

「女学を標榜するからには、《女学雑誌社》の社員を護り、育てるのは当然さ。《明治女学校》の若き生徒たちも。持っている才能は、人それぞれ。才能に相応しい援助をしたい」

第七章　女王の誕生

(1)

今年の春は一瞬にして走り去った。

三月二十四日に《東京女子高等師範学校》が設立され、役目は終わったとばかりに、《東京高等女学校》は廃止となった。

善治は何も言わない。だが、心中を思いやる嘉志子には、葛藤もある。

四月二十一日に、ボアソナードが中心になって起草した民法は、公布されながら、その多くが施行を延期された。

(2)

五月の半ば過ぎ、善治の言葉通りに、清水豊子が《女学雑誌社》に入社した。

善治から紹介された豊子は、化粧映えのする、色白の美人だ。

嘉志子には、豊子が女性民権家とは、どうしても見えない。

嘉志子が逡巡していると、豊子が話の糸口を付けてくれた。

「奈良の民権家の集まりで、植木枝盛さんに出会いまして、女権を学びました。新しい人生を開く決断ができました」

嘉志子は、枝盛の整った顔立ちを思い浮かべる。

「まあ、植木枝盛さん。私たちの結婚式においで下さいました。『女学雑誌』に、幾度か論文をお寄せ下さり、《明治女学校》で文学会と名付けられた、学生の勉強会にも参加して下さったと聞いています」

席を外していた善治が、会話に加わった。

「民権派では最もラディカルな思想家と言われているようですが」と前置きをしてから、説明をしてくれる。

「過激なだけでも、急進というのでもない、深い思索力を持った理論家だと思います。『東洋大日本国国憲按』が、その証明でしょう。私にとっては、学ぶものが多い」

「私擬憲法ですね。……廃娼運動にも力を注いでいらっしゃる」

二人のやり取りを聞いていた豊子の表情が、一段と明るくなった。

「植木さんの一夫一婦論は、私に勇気を与えて下さった。そのご縁で、佐々木豊寿さんとも知り合いました」

「佐々木様と言えば、婦人白標倶楽部ですね。私も会員です。『全国廃娼同盟会』が開かれるのも間近ですね。その準備にお忙しいと聞きました。我が夫君も」

善治が笑っている。

「我が国で初めての、廃娼運動全十七団体の大同団結集会だもの、忙しいさ」

「その中で、あなたは、豊子さんという才能を見出した！」

「巌本先生から、《女学雑誌社》に記者として入れて頂けると聞きました時は、嬉しくて、夢中で上京しました。女性の地位の向上のために、奮い立つ思いです」

打ち解けた気分で、嘉志子は尋ねる。

「訪問記をお書きになる予定だと、巌本から聞きました。まず、どなたを考えていらっしゃるのですか？」

豊子は、迷わず答えた。

「女子青年倶楽部の演説家の青井栄さんです。後には、荻野ぎん子さんやら女性の指導者と言われるお人。板垣退助にも会ってみたい」

嘉志子は、物怖じしない豊子に好意を持った。

「活力が溢れていらっしゃる！　……でも、何かお困りでしたら、何でも仰って下さい」

善治が、嘉志子の言葉を補った。

「訪問先や会見場所へ、必要ならば社員を同行させますよ。……残念ながら、人には、表と裏の表情に大きな差がある人もいますから」

豊子さんが突然、涙を一粒こぼした。嘉志子は、慌てて手巾《はんかち》を差し出す。

善治は、豊子さんの肩に、そっと手を乗せた。

「私の言い方が気に障りましたか？　誤解しないで下さい。私は《女学雑誌社》の新しい支え手として、豊子さんを招いたのです。あなたの技倆を、存分に発揮して欲しい。心から期待しています。だから、大切な社員である豊子さんを護りたいのです」

⑶

七月一日、帝国議会（衆議院）議員の総選挙が行われた。

湘烟女史の夫君の中島信行は神奈川県選出の議員として、植木枝盛も高知県選出の議員として、当選を果たした。

嘉志子は湘烟女史に、当選お祝いの手紙を書いた。

豊子は、なんだか怒っている。婦人の参政権を排除した帝国議会の開催に怒っているに違いない。

善治は、七月に入ると『女学雑誌』誌上で、度々「女塾別舎主義」と称して、校舎移転を喧伝した。

『女塾の通弊を憂ひ此度家族主義、一名別舎主義と称する新たなる塾舎の管理法を工夫し、校内に小舎を別々に設置し、一舎に十人以下の塾生を容れ、主婦一名を添へ、料理家政の事を実際に行はしむ、……』

八月末には、《明治女学校》の引っ越しを完了する予定だ。

敷地中央に校舎、校舎を囲むように生徒の寄宿寮があり、校舎を挟んで敷地の反対側には、独身教師の寮が配置された。校長の住まいは、校舎の隣に、別棟として建てられた。《女学雑誌社》も兼ねるという。

覚悟はしていたものの、初めて新校舎を訪ねて、嘉志子は善治の無念を想った。

(飯田町の高台の校舎に比べたら、何と貧弱なことか)

同じ敷地の独身寮に住む予定の豊子さんは、水を得た魚のように元気だ。

「嘉志子さん、お加減はいかが? 私、全国の、家庭に閉じ込められている女性たちに、あなたたちには、男性に負けない力があると伝えたいですわ。まずは、女子学生の結婚願望を打ち砕きます」

豊子は、慌てて言葉を足した。

「ごめんなさい。私、失言ばかりで。……嘉志子さんは、巌本先生と幸福な家庭を築いていらっしゃいます」

「お気遣いは無用ですよ。私も豊子さんと同じ思いです」

その時、お腹の赤ん坊が、激しく動いた。

嘉志子は、お腹に手を当てて、苦笑する。

「今、赤ん坊も、私たちに強く賛成の気持ちを表明しました!」

(4)

嘉志子は、お腹の赤ん坊をあやしながら、『Little Lord Fauntleroy』の翻訳に精を出す。

連載第一回は、八月二十三日発行の『女学雑誌』二百二十七号の予定だ。

『　小公達《しょうきんだち》　第一回

セドリックには誰も云ふて聞せる人が有ませんかつたから、何も知らないでゐたのでした。おとつさんは、イギリス人だつたと云ふこと丈《だけ》は、おつかさんに聞《きい》ゐて、知つてゐましたが、おとつさんの歿《ぼっ》したのは、極《ご》く少《ち》さいうちでしたから、よく記憶して居ませんで、たゞ《だ》大きな人で、眼が浅黄色で、頬髭《ほほひげ》が長くって、……』

チヾレ《ちぢれ》毛の愛らしいセドリックを描けば、嘉志子は直に生まれてくるであろう我が子を想った。セドリックが、夫を亡くした母君エロル夫人を懸命に慰め、気遣う場面を描いては、幼子が果たす神聖な役割を込めた。

『かあさま、おとうさまはモウよくおなんなさったの？　と同じことを云つて見ると、どういふ訳か、急におつかさんの頸《くび》に両手を廻して、幾度も幾度もキスをして、そしておつかさんの頬に、自分の軟らかな頬を推当て上《あげ》なければ、ならなくなり升たから、その通りして上ると、おつかさんが、モウモウ決して離ないといふ様に……』

嘉志子は、訳すにつれてセドリックが愛おしい。これから続く、日時を要する翻訳作業にも拘わらず、浮き立っている自分を感じていた。

書き出しを、善治に見てもらった。

「好いね。翻訳とは言え、嘉志の思いが伝わるよ。エロル夫人もセドリックも優しさを纏っている。……ところで、表題の『小公達』だが、少し硬いようにも」

「お考え頂けたのですね。実は、自分でも今一つ、馴染めませんの」

「『小公子《しょうこうし》』は、どうだろう？　音の響きが優しい。今風にも思う」

提案を聞いた途端、嘉志子は、探しあぐねた答えが天から降ってきたのだ、と解った。

「流石ですわ、善治様！　確かに、『小公達』では、日本の歴史物語の登場人物のようです。『小公子』ならば、イギリスの貴族の王子に相応《ふさわ》しい。……同じ意味ながら、なるほど、漢語は便利ですね」

二人で、表紙の意匠を考えた。

「読者の購買意欲を引くように、大いに宣伝しよう」

「女性読者を意識して、可愛らしく願います」

後日、嘉志子は、試しに作った表紙の見本を見せてもらった。

『女學雑誌』と太文字で書かれた雑誌名の下に、可愛らしい飾りで縁取られた囲みが設けられていた。その中央に、新小説『小公子』若松しづ、第一回の文字が置かれている。

右脇に、一回り小さい活字で、『神を憶ふ歌』月の舎忍《つきのやしのぶ》、左脇に、『青年に警告す』社説、の文字が。

「左右に二作品を従えて、女王の登場のようです」

（5）

七月二十五日に公布された「集会及政社法」は、女子の政治活動を全て禁止した。

豊子は、善治と相談して、評論を執筆する。

八月三十日の『女学雑誌』二百二十八号に掲載する予定だ。

表題は、『何故に女子は、政談集會に参聴《さんちょう》することを許されざる乎《か》』とした。

『集會及政社法《せいしゃほう》の改正は、吾等女性に一大驚愕《きょうがく》を與《あた》へたり。爾《しか》り、這回《このたび》改正せられたる政社及集會法第四條幷《ならび》に第廿四條中《ちゅう》、女子の二字あるが為に、吾等二千万の女子は皆悉《ことごと》く廢人《はいじん》となれり。予は政府が何故に一般女子を驅りて、かく政界より拒絶放逐するの必要を認《したた》めたるかを疑ふものなり。又《また》吾等女性は此世上《このせじょう》に生存し、人間としては、各自一個の靈魂《れいこん》と總《すべ》ての官能とを具備し居《お》るものなるに……』

明治政府は、女性の参政権どころか、政治集会への参加も認めない。天賦人権意識に燃える豊子は、女性差別への憤懣《ふんまん》を、文章で叩きつけた。

女子は、その本分たる育児家政の務めを怠るからという、禁止の理由の根拠に、豊子は納得がいかない。男子は一般に農工商の職にあるが、政談に参与すれば、これも本分に怠りありとなるではないか。

豊子は反駁《はんばく》を続ける。

君主専制の時代ならばとにかく、国会開設を控えた今の時節だ。

国民として、この世に生存し、政治の支配を受ける以上は、男女ともに、政治に関心を持つのは、当然だ。女子の中には、相当の財産を持ち、独立の生活を営み、直接に国税を上納し、公民に相当する資格を持つ者もいる。

女子は能力知識に劣るという理論にも、納得できない。

男子はどうなのか。

女子は、いかに秀才英傑も、男子の無知無能に劣るのか。

『之れに依りて是を見れば女子をして政談集會に参廳する克《あた》はざらしむるは、啻《ただ》に正當《しょうとう》の理由なきのみならず、故なくして國民の権利を剝《は》ぎ、更に國家大不利《だいふり》の濁源《だくげん》を醸成するもの奈《な》り』、と結んだ。

草稿を見せて貰った嘉志子は、論旨とともに、歯切れのよい漢文口調にも感動した。

「格調高い、見事な評論ですね。以前、巌本から、今の世の女性たちが豊子さんに助けられるだろうと聞かされましたが、納得しました。豊子さんの論理の開陳には、説得する力があります。何よりも迫力が！」

豊子は、少し恥ずかしそうに微笑んだ。

その夜、善治は嘉志子に語った。

「豊子さんの信念の強さは、予想を超えている。まさしく三面六臂の奮闘だ。豊子さんを招いて良かった。豊子さんにとっても、《女学雑誌社》にとっても」

嘉志子は、相槌を打ちながらも、少しばかりの心配を伝えた。

「今後がさらに楽しみですね。でも、お若い豊子さんの負担になり過ぎませんか?」

善治は、即座に打ち消した。

「心配は要らない。去年の十月、新聞紙条例に従うと、宣言したからね。『女学雑誌』は、従来の学術雑誌としての資格を脱して、広く、社会、政治について論評する、と」

嘉志子は、新婚生活が始まった昨秋、毎晩、夜更けまで机に向かっていた善治の姿を、しっかりと覚えている。

「そうでしたね。一部の非難に対して、善治様は、この混乱紛争の社会に対して、平和を好む女性の声を反映することは、むしろ『女学雑誌』の適職だとも、お書きになった」

「国会開設を秋に控えた今こそ、声を上げる時だ。女性記者の豊子さんは、剴切だ。私たち基督教徒の立場と、豊子さんの天賦民権論の立場が、車の両輪となって、女性の地位を向上させる。豊子さんも守る」

(6)

明治二十三年も、半ばを過ぎた。鉄道・紡績と、次々と新たな会社は設立されたが、その多くが、経営の安定を果たせない。資金の逼迫《ひっぱく》は、倒産に繋がった。そこへ、昨年来の米の凶作が重なる。東京にも、多くの生活困窮者が生まれていた。

嘉志子は、八月二日発行の『女学雑誌』二百二十四号雑録に、『れぷた二つ』と題した小文を載せた。

女子学生の会話に仮託して、不断の倹約と義捐《ぎえん》を訴えた。

『マルコによる福音書』の第十二章に記された、貧しい寡婦《やもめ》がレプタ銅貨二枚を献金した話を、翻案した文章だ。

「基督教徒でなくても、献金の意義が解りやすい」と、善治は褒めてくれた。

八月二十三日発行の『女学雑誌』二百二十七号から、『小公子』連載を開始した。

善治は、「満を持して今日を迎えた」と嘉志子を勇気付けてくれたが、嘉志子には、感謝の思いだけがある。よくぞ連載開始まで漕ぎつけたものだ。

(文章を書く経験もなかった私が……)

表紙には、試作通りに、「新小説・小公子・若松しづ・第一回」の文字が載った。

文章での宣伝や解説は、特にない。そっと、物語は始まった。

しかし、高い評価は、日を置かずに齎された。

翌週三十日の『女学雑誌』二百二十八号には、豊子の『何故に女子は政談集會に参聴することを許されざる乎』と、嘉志子の『小公子』連載第二回が並んだ。

女流民権家の評論と女性基督教徒の翻訳小説が並び立つ目次に、巷《ちまた》は沸いた。

⑦

八月三十日を以て、《明治女学校》は、麹町区下六番町の新校舎へ移転した。《女学雑誌社》も、校長宅も、同一敷地内に棟を並べた。

嘉志子は、産み月を迎えていた。

家事はせず、文机に向かって、『小公子』の翻訳に励んだ。

部屋には、布団を敷いた儘《まま》にして、疲れると横になる。

開け放した窓から、時折、校庭の生徒たちのさざめきが聞こえてくる。

昨秋に高等科へ進学した生徒は、二年生になった。《明治女学校》に新しい活力を齎すに違いない。

全国から入学冀望者がやってきて、生徒数も創設以来の多さだ。

六月からは、星野慎之輔を主筆に、《女学雑誌社》から、文藝雑誌『女学生』も、月に一度刊行されている。文藝により、女子の情操教育を発展させたい善治の思いが、発刊させた。京浜間の、十五の女学校の文学会の、聯合《れんごう》機関誌の形をとっている。

信之輔は、女学校を歴訪していると聞く。

嘉志子はしばし、感慨に耽る。

（私の青春の幕は、そろそろ閉じる時ですね。何と、波瀾と輝きに満ちていた日々であったでしょう！　この先、《明治女学校》も、《女学雑誌社》も、いくつもの困難に遭遇するかもしれません。しかし、善治様は、必ずや、乗り越えていくでしょう！）

高木先生の心配をよそに、嘉志子のお腹は、ずいぶんと大きくなった。身体の加減は順潮だ。

直に新しい命が誕生する。

楽しみでならない。

（元気で、大きな赤ん坊、ホームのエンジェルがやってくる。成人した暁には……）

嘉志子は、ただ祈り、神に感謝する。

（母となって、新しい幕を上げる時ですね。クリスチャン・ホームの立派な母になります。いいえ、《明治女学校》の生徒たちの母に！　クリスチャン・ホームの女王になりましょう！）


（了）

参考文献

『女学雑誌・復刻版』臨川書店　一九八四年　第一号（明18・7・20）より第二百三十二号（明23・9・27）
『女学雑誌・文學界集』（笹淵友一編『明治文學全集』32）筑摩書房　昭和四八年
『明治女流文學集（一）』（塩田良平編『明治文學全集』81）筑摩書房　昭和四一年
『日本児童文学名作集（上）（忘れ形見）』桑原三郎・千葉俊二編　岩波書店　1994年
『国民之友（雛嫁）』第百六十三号（1892 8）　民友社
『［新編］日本女性文学全集　第一巻』渡邊澄子編集　菁柿堂　2007年
『明治女学校の研究』青山なを著　慶應通信　昭和四五年
『女性解放思想の源流―巌本善治と「女学雑誌」』野辺地清江著　校倉書房　1984年
『女学雑誌諸索引』青山なを・野辺地清江・松原智美編　慶應通信　昭和四五年
『とくと我を見たまえ―若松賤子の生涯』山口玲子　新潮社　1980年
『撫象座談』巌本善治談　『明日香』一二月号　昭和一一年
『巌本善治　女学雑誌派連環』磯崎嘉治編　共栄社　昭和四九年
『母のおもかげ』中野清子著　冨山房百科文庫
『若松賤子集』冨山房　昭和一三年
『アメリカ婦人宣教師』小檜山ルイ著　東京大学出版会　1992年

『ＲＣＡ伝道局報告書に見るフェリス（フェリス女学院１５０年史資料集◆第３集◆）』フェリス女学院１５０年史編纂委員会編　２０１５年
『未来を翔《かけ》る・フェリス女学院で学ぶということ』フェリス女学院大学編２０１２年
『黙移』相馬黒光著　日本図書センター発行『人間の記録・26』１９９７年
『明治初期の三女性』相馬黒光著　厚生閣版　紀元二六〇〇年
『若松賤子―不滅の生涯（生誕百三十年記念出版・新装第2巻）』巌本記念会編　日報通信社刊　１９９５年（右書籍所収『若松賤子と英詩』師岡愛子）
『巌本善治・正義と愛に生きて』葛井義憲著　朝日出版社　２００５年発行
『植村正久と其の時代』佐波亘著　教文館　昭和一三年　三巻・故世良田海軍少将略歴・世良田夫人能布の略歴
・武人たる神学者（植村正久）
・暗黒を経て光明に入る（世良田亮氏述）
四巻・賛美歌に関する資料
『植村正久夫人―季野がことども』佐波亘著　教文館　昭和一八年
『自由民権運動と女性』大木基子著　ドメス出版　２００３年
『明治大正人物事典』日外アソシエーツ編　紀伊國屋書店出版　２０１１年
『明治ニュース事典Ⅲ』明治ニュース事典編纂委員会　毎日コミュニケーションズ

１９８３年の出来事　◎大阪事件　◎爆発物取締規則違反事件
・馬場辰猪ら爆発物購入の容疑で逮捕（明18・11・28　東京日日）
・馬場らの裁判始まる（明19・5・12　東京日日）
・モリソン馬場らに有利な証言（明19・5・18　東京日日）
・馬場、大石とも無罪の判決（明19・6・3　朝野）
『東京日日新聞』明18・11・27より18・12・2……大阪事件嫌疑者の拘引・検挙者
『東京横浜毎日新聞』明18・11・29……右に同じ
『東京日日新聞』明19・9・4……木村鐙子葬儀
『東京日日新聞』明20・5・25……女学雑誌発行停止
『東京日日新聞』明20・12・27……保安条例公布
『毎日新聞』明20・12・27より明21・1・1……保安条例公布
『軍港都市横須賀における宅地開発の進展と海軍士官の居住特性：横須賀上町地区を中心として』双木俊介著　歴史地理学野外研究16号　２０１４年
『WEB歴史街道（世界に誇るべき温泉地熱海の意外な歴史）』石川理夫著　２０１８年
『市制施行80周年記念・熱海温泉誌』熱海温泉誌作成実行委員会企画・編集　２０１７
『熱海と五十名家』齊藤和堂編著　精和堂　大正九年
『湘煙選集』鈴木裕子編集　不二出版　１９８５年　1岸田俊子評論集　2岸田俊子文学集　3湘烟日記

『〈女性民権運動の先駆者〉花の妹―岸田俊子伝』西川祐子著　岩波現代文庫　2019年　※1986年に新潮社より刊行された本作に修正を加え、注を補足
『良妻賢母主義から外れた人々　湘煙・らいてう・漱石』関口すみ子著　みすず書房　2014年
『清水紫琴研究』中山和子著　明治大学人文科学研究所紀要　1990年
「『女学雑誌』を視座とした明治二二年の文学論争」屋木瑞穂　近代文学試論三五号　1997年

著者プロフィール

田所 茉莉（たどころ まり）

日本女子大学文学部国文学科を卒業後、埼玉県立高校の国語科教諭として三十七年間、定年退職後は再任用教諭として三年間勤務。

退職後、かねてからの希望であった小説の執筆を始める。

松成武治先生の小説講座で、執筆の基本を学ぶ。

そののち、若桜木虔先生の通信教育で指導を受ける。

受賞歴はありません。

雛嫁　若松賤子と巌本善治の青春

2023年1月15日　初版第1刷発行

著　者　田所 茉莉
発行者　瓜谷 綱延
発行所　株式会社文芸社
〒160-0022　東京都新宿区新宿1－10－1
電話　03-5369-3060（代表）
03-5369-2299（販売）

印刷所　株式会社暁印刷

ISBN978-4-286-27033-3